AF204297

Tucholsky Wagner Zola Scott Sydow Freud Schlegel
Turgenev Wallace Fonatne Twain Walther von der Vogelweide Fouqué Friedrich II. von Preußen
Weber Freiligrath Frey
Fechner Fichte Weiße Rose von Fallersleben Kant Ernst Frommel
Richthofen
Engels Fielding Hölderlin
Fehrs Faber Flaubert Eichendorff Tacitus Dumas
Maximilian I. von Habsburg Fock Eliasberg Ebner Eschenbach
Feuerbach Ewald Eliot Zweig Vergil
Goethe Elisabeth von Österreich London
Mendelssohn Balzac Shakespeare Dostojewski Ganghofer
Trackl Lichtenberg Rathenau Doyle Gjellerup
Stevenson Hambruch
Mommsen Tolstoi Lenz Droste-Hülshoff
Thoma von Arnim Hanrieder
Dach Verne Hägele Hauff Humboldt
Reuter Rousseau Hagen Hauptmann Gautier
Karrillon Garschin
Defoe Baudelaire
Damaschke Descartes Hebbel
Hegel Kussmaul Herder
Wolfram von Eschenbach Dickens Schopenhauer
Bronner Darwin Melville Grimm Jerome Rilke George
Campe Horváth Aristoteles Bebel Proust
Bismarck Vigny Barlach Voltaire Federer Herodot
Gengenbach Heine
Storm Casanova Tersteegen Grillparzer Georgy
Lessing Gilm
Chamberlain Langbein Gryphius
Brentano Lafontaine
Strachwitz Claudius Schiller Kralik Iffland Sokrates
Katharina II. von Rußland Bellamy Schilling
Gerstäcker Raabe Gibbon Tschechow
Löns Hesse Hoffmann Gogol Wilde Vulpius
Luther Heym Hofmannsthal Klee Hölty Morgenstern Gleim
Roth Goedicke
Heyse Klopstock Kleist
Luxemburg Puschkin Homer Mörike
La Roche Horaz Musil
Machiavelli Kierkegaard Kraft Kraus
Navarra Aurel Musset Moltke
Nestroy Marie de France Lamprecht Kind Kirchhoff Hugo
Laotse Ipsen Liebknecht
Nietzsche Nansen Ringelnatz
Marx Lassalle Gorki Klett Leibniz
von Ossietzky May Irving
vom Stein Lawrence
Petalozzi Knigge
Platon Kafka
Sachs Pückler Michelangelo Kock
Poe Liebermann Korolenko
de Sade Praetorius Mistral Zetkin

Der Verlag tredition aus Hamburg veröffentlicht in der Reihe **TREDITION CLASSICS** Werke aus mehr als zwei Jahrtausenden. Diese waren zu einem Großteil vergriffen oder nur noch antiquarisch erhältlich.

Symbolfigur für **TREDITION CLASSICS** ist Johannes Gutenberg (1400 — 1468), der Erfinder des Buchdrucks mit Metalllettern und der Druckerpresse.

Mit der Buchreihe **TREDITION CLASSICS** verfolgt tredition das Ziel, tausende Klassiker der Weltliteratur verschiedener Sprachen wieder als gedruckte Bücher aufzulegen – und das weltweit!

Die Buchreihe dient zur Bewahrung der Literatur und Förderung der Kultur. Sie trägt so dazu bei, dass viele tausend Werke nicht in Vergessenheit geraten.

Novellen

Jens Peter Jacobsen

Impressum

Autor: Jens Peter Jacobsen
Übersetzung: Mathilde Mann
Umschlagkonzept: toepferschumann, Berlin

Verlag: tradition GmbH, Hamburg
ISBN: 978-3-8424-0783-1
Printed in Germany

Mogens

Sommer war es; mitten am Tage; in einer Ecke des Geheges. Gerade davor stand ein alter Eichbaum, von dessen Stamm man wohl sagen konnte, daß er sich winde in Verzweiflung über den Mangel an Harmonie, der zwischen seinem ganz frischen gelblichen Laub und seinen schwarzen und dicken, knorrigen Zweigen bestand, die am meisten von allem grob verzeichneten altgotischen Arabesken glichen. Hinter der Eiche stand üppiges Haselgestrüpp, mit dunklem, glanzlosem Laub, das so dicht war, daß man weder Stämme noch Zweige sah. Über das Haselgestrüpp auf stiegen zwei ranke, fröhliche Ahornbäume mit lustig gezackten Blättern, roten Stengeln und langem Gebimmel von grünen Fruchtbüscheln. Hinter den Ahornbäumen kam der Wald – ein grüner, gleichmäßig abgerundeter Abhang, wo die Vögel aus und ein gingen wie das Elfenvolk in einem Rasenhügel.

Alles dies konnte man sehen, wenn man über den Feldpfad dort außerhalb des Geheges kam. Lag man dahingegen im Schatten der Eiche, mit dem Rücken gegen den Stamm, und sah nach der andern Richtung – und da war einer, der das tat –, so sah man erst seine eigenen Beine, dann einen kleinen Fleck mit kurzem, kräftigem Gras, darauf einen großen Haufen dunkler Nessel, dann die Dornenhecke mit den großen weißen Winden, den Zauntritt, ein wenig von dem Roggenfelde davor, endlich die Flaggenstange des Justizrats da oben auf dem Hügel, und dann den Himmel.

Es war drückend heiß, die Luft flimmerte von Wärme, und dann war es so still; die Blätter hingen und schliefen an den Bäumen, da war nichts weiter, was sich rührte, als die Marienkäferchen dadrüben auf den Nesseln und ein wenig welkes Laub, das im Gras lag und sich aufrollte, mit kleinen, plötzlichen Bewegungen, als krümme es sich unter den Strahlen der Sonne. Und dann der Mensch unter der Eiche; er lag da und schnappte nach Luft und sah wehmütig, hilflos zum Himmel empor. Er trällerte ein wenig und gab es auf, pfiff, gab dann auch das auf, drehte sich um, drehte sich wieder um und ließ die Augen einen alten Maulwurfhügel betrachten, der vor Dürre ganz hellgrau geworden war. Plötzlich kam da ein kleiner runder, dunkler Fleck auf die hellgraue Erde, noch einer, drei, vier, viele, noch mehr, der ganze Maulwurfhügel war über und über dunkelgrau. Die Luft bestand aus lauter langen, dunkeln Strichen, die Blätter nickten und schwankten, und da kam ein Sausen, das in ein Sieden überging: Wasser strömten herab.

Alles schimmerte, blitzte, sprühte. Blätter, Zweige, Stämme, alles glitzerte von Feuchtigkeit; jeder kleine Tropfen, der auf Erde, auf Gras, auf den Zauntritt oder auf irgend sonst etwas fiel, zersplitterte und zerstäubte in tausend feinen Perlen. Kleine Tropfen hingen hier ein wenig und wurden zu großen Tropfen, tröpfelten dort herab, vereinigten sich mit andren Tropfen, wurden kleine Ströme, verschwanden in kleinen Furchen, liefen in große Löcher hinein und aus kleinen heraus, segelten fort mit Staub, mit Spänen, mit Laubfetzen, setzten sie auf Grund, brachten sie wieder flott, wirbelten sie herum und setzten sie wieder auf Grund. Blätter, die nicht zusammen gewesen waren, seit sie in der Knospe lagen, wurden von der Nässe vereint; Moos, das in der Dürre zu nichts geworden war, brauste auf und wurde weich, gekräuselt, grün und saftig; und graue Flechten, die beinahe zu Schnupftabak geworden waren, breiteten sich in zierlichen Zipfeln aus, strotzend wie Brokat und mit einem Glanz wie Seide. Die Winden ließen ihre weißen Kronen bis an den Rand füllen, stießen miteinander an und gossen den Nesseln das Wasser auf den Kopf. Die dicken, schwarzen Waldschnecken bauchten sich wohlwollend hervor und sahen anerkennend zum Himmel empor. Und der Mensch? Der Mensch stand mit bloßem Kopf da draußen, mitten im Regenwetter, und ließ die Tropfen hinabsausen in Haar und Brauen, Augen, Nase, Mund, knipste mit den Fingern nach dem Regen, hob hin und wieder die Beine ein klein wenig, als wolle er sich anschicken zu tanzen, schüttelte dann und wann den Kopf, wenn da zu viel Wasser im Haar war, und sang aus vollem Halse, ohne zu ahnen, was es war, das er sang, so sehr war er mit dem Regen beschäftigt:

Hätte ich, o hätte ich einen Enkel, o ja!
Und Kisten mit vielem, vielem Geld,
Dann hätte ich wohl auch eine Tochter gehabt, o ja!
Und Haus und Heim und Wiese und Feld.

Hätte ich, o hätte ich ein Töchterlein, o ja!
Und Haus und Heim und Wiese und Feld,
Dann hätte ich wohl auch eine Liebste gehabt, o ja!
Und Kisten mit vielem, vielem Geld.

Da stand er nun und sang, aber drüben zwischen den dunklen Haselsträuchen guckte ein kleiner Mädchenkopf hervor. Ein langer Zipfel eines roten, seidenen Schals hatte sich in einen Zweig verwickelt, der ein wenig weiter vorsprang als die andern, und von Zeit zu Zeit kam eine kleine Hand und zerrte an dem Zipfel, aber das führte zu nichts weiter als zu einem kleinen Platzregen von dem Zweig und seinen Nachbarn. Der übrige Teil des Schals lag stramm über dem kleinen Mädchenkopf und verbarg die Hälfte der Stirn, beschattete die Augen, bog dann plötzlich ab und verlor sich zwischen den Blättern, tauchte aber in einer großen Rosette von Falten unter dem Kinn wieder auf. Das kleine Mädchengesicht sah sehr erstaunt aus, aber es war kurz davor zu lachen; das Lächeln lag schon in den Augen. Auf einmal machte der, der da im Regenwetter stand und sang, ein paar Schritte zur Seite, sah den roten Zipfel, das Gesicht, die großen, braunen Augen, den kleinen, erstaunten, offenen Mund; augenblicklich wurde seine Stellung verlegen, er sah verwundert an sich selbst nieder; aber im selben Augenblick ertönte ein kleiner Schrei, der vorspringende Zweig schwankte heftig, der rote Zipfel verschwand in einem Nu, das Mädchengesicht verschwand, und es raschelte und raschelte, ferner und ferner, da drinnen hinter den Haselbüschen. Dann lief er. Er wußte nicht warum, er dachte gar nicht, die Regenwetterlustigkeit stieg wieder in ihm auf, und er lief dem kleinen Mädchengesicht nach. Es fiel ihm gar nicht ein, daß es eine Person war, der er nachlief, es war nur das kleine Mädchengesicht. Er lief, es raschelte rechts, es raschelte links, es raschelte vorn, es raschelte hinten, er raschelte, sie raschelte, und alle diese Laute und das Laufen selbst machten ihn eifrig, und er rief: »Ruf mal Kuckuck, wo du bist!« Niemand rief Kuckuck. Als er sich selbst rufen hörte, wurde ihm gleichsam ein wenig beklommen, aber er lief noch immer; da kam ihm ein Gedanke, aber nur *einer*, und er murmelte, während er fortfuhr zu laufen: »Was sollst du ihr nur sagen? was sollst du ihr nur sagen?« Er lief auf einen großen Busch zu, da hatte sie sich versteckt, er sah einen Zipfel ihres Kleids. »Was sollst du ihr nur sagen? was sollst du ihr nur sagen?« fuhr er fort zu murmeln, während er weiterlief. Er kam an den Busch, bog schnell ab, lief weiter, murmelte dasselbe, kam auf einen breiten Weg hinaus, lief ihn eine Strecke entlang, blieb plötzlich stehen und brach in ein Gelächter aus, ging still lächelnd ein Stück weiter und lachte dann aus Leibeskräften und lief lachend weiter, an dem ganzen Gehege entlang.

Dann war es an einem schönen Herbsttag, das Fallen des Laubes war in vollem Gange, und der Weg an die See hinab war ganz bedeckt von den zitronengelben Blättern der Ulmen und Ahornbäume, und hier und da waren auch Flecke von dunklerem Laub. Es war so angenehm, so reinlich, auf diesem Tigerfellteppich zu gehen und zuzusehen, wie die Blätter herabschneiten, und die Birke sah noch feiner und leichter aus mit so wenig an den Zweigen, und die Eberesche nahm sich so prächtig aus mit den schweren, roten Beerenbüscheln. Und der Himmel war so blau, so blau, und der Wald erschien weit größer, man konnte so weit zwischen den Stämmen hineinsehen. Und dann war es auch noch das, daß es bald alles vorbei war. Wald, Feld, Himmel, freie Luft und das Ganze, bald mußte es der Zeit der Lampen, der Teppiche und der Hyazinthen weichen. Deswegen gingen der Justizrat von Kap Trafalgar und seine Tochter nach der See hinunter, während der Wagen bei dem Dorfschulzen hielt.

Der Justizrat war ein Freund der Natur, die Natur war ganz eigenartig, die Natur war eins der schönsten Zierate des Daseins. Der Justizrat protegierte die Natur, er verteidigte sie gegen das Künstliche; Gärten waren nichts weiter als verdorbene Natur, aber Gärten mit Stil, das war wahnsinnige Natur; es gab keinen Stil in der Natur, der liebe Gott hatte wohlweislich die Natur natürlich gemacht, nichts weiter als natürlich. Die Natur war das Ungebundene, das Unverdorbene; aber durch den Sündenfall war die Zivilisation über die Menschen gekommen; jetzt war die Zivilisation zu einem Bedürfnis geworden, aber es wäre besser, wenn sie das nicht gewesen wäre; der Naturzustand war etwas ganz andres, etwas ganz andres. Der Justizrat würde nichts dagegen haben, sich dadurch zu ernähren, daß er im Schafpelz umherging und Hasen und Schnepfen und

Brachvögel und Schneehühner und Rehkeulen und Wildschweine schösse. Nein, der Naturzustand war nun einmal eine Perle, eine wirkliche Perle.

Der Justizrat und seine Tochter gingen nach der See hinab. Sie hatte schon lange zwischen den Zweigen hindurchgeschimmert, aber nun kam sie ganz zum Vorschein, als sie um die Ecke bogen, da wo die große Pappel steht. Da lag sie, mit großen Flächen spiegelklaren Wassers, mit zackigen Zungen graublauen, gekräuselten Wassers, mit Strichen, die blank waren, und Strichen, die gekräuselt waren, und das Sonnenlicht ruhte auf dem Blanken und flimmerte auf dem Gekräuselten. Sie führte den Blick hin über ihre Fläche, führte ihn an ihren Ufern entlang, an langsam gerundeten Bogen, an scharf gebrochenen Linien, schwenkte ihn um die grünen Landzungen herum, ließ dann den Blick fahren und verschwand da drinnen in großen Windungen, nahm aber den Gedanken mit sich. – Segeln! waren da Boote zu mieten?

Nein, da seien keine, sagte ein kleiner Bursche, der in dem weißen Landhause beheimatet war und unten am Strande stand und flache Steine über die Wasserfläche hintanzen ließ. Waren da gar keine Boote? Doch, da wären welche; da war ja das Boot des Müllers, aber das konnte man nicht bekommen; der Müller wollte es nicht, Müllers Niels hatte beinahe Prügel gekriegt, als er es neulich verliehen hatte, es konnte gar nicht nützen, daran zu denken; aber da war ja der Herr, der oben bei Waldhüter Nikolajs wohnte, der hatte ein ausgezeichnetes Boot, eins, das oben schwarz und am Boden rot war, und das lieh er allen und jedem.

Der Justizrat und seine Tochter gingen zu Waldhüter Nikolajs hinauf. In einiger Entfernung vom Hause trafen sie ein kleines Mädchen, das Nikolajs gehörte, und das baten sie, hineinzulaufen und zu fragen, ob sie den Herrn sprechen könnten. Sie lief, als gelte es das Leben, lief mit Armen und Beinen, bis sie an die Tür kam, da setzte sie das eine Bein auf die hohe Türschwelle und band ihr Strumpfband und stürzte dann ins Haus hinein; kam gleich zurück, zwei Türen hinter sich offen, und rief, ehe sie noch die Türschwelle wieder erreicht hatte, daß der Herr augenblicklich käme, dann setzte sie sich neben die Tür gegen die Wand und lugte unter ihrem einen Arm hindurch zu den Fremden hinauf.

Der Herr kam und erwies sich als ein großer, kräftig gebauter Mann von einigen zwanzig Jahren. Die Tochter des Justizrats erschrak ein wenig, als sie in ihm den Menschen wiedererkannte, der im Regenwetter gesungen hatte. Aber er sah so wunderlich und abwesend aus; es war augenscheinlich, daß er direkt von einem Buch kam, das konnte man an dem Ausdruck in seinen Augen sehen, an seinem Haar und an seinen Händen, die gar nicht wußten, wo sie waren.

Die Tochter des Justizrats knixte ausgelassen vor ihm und rief: »Kuckuck« und lachte.

»Kuckuck?« fragte der Justizrat.

Aber das war ja das kleine Mädchengesicht! Der Mensch wurde ganz rot und versuchte, etwas zu sagen, als der Justizrat mit einer Frage nach dem Boot kam. Ja, das stehe zu Diensten. Aber wer sollte rudern? Er, das solle er tun, sagte das Fräulein, sie kehrte sich nicht daran, was der Vater sagte, es sei einerlei, ob es dem Herrn Unbequemlichkeit mache, denn er sei manchmal auch gar nicht bange, andern Leuten Unbequemlichkeiten zu machen. Und dann gingen sie nach dem Boot hinunter und gaben dem Justizrat unterwegs die Erklärung. Sie kamen ins Boot und waren schon ein gutes Stück draußen, ehe das Fräulein sich zurechtgesetzt hatte und Zeit fand zu reden.

»Nun,« sagte sie, »es war gewiß etwas sehr Gelehrtes, was Sie da lasen, als ich kam und Sie mit meinem Kuckuck zum Segeln herausrief?«

»Zum Rudern, meinen Sie. Etwas Gelehrtes! es war ›die Geschichte von Ritter Peter mit dem silbernen Schlüssel und der schönen Magelone‹.«

»Von wem ist die?«

»Die ist von keinem; das sind diese Art Bücher nie. ›Vigoleis mit dem goldnen Rad‹ ist auch von niemand, und ›der Jäger Bryde‹ auch nicht.«

»Ich habe diese Titel noch nie gehört.«

»Ach, setzen Sie sich ein wenig mehr auf die Seite, sonst können wir nicht gerade liegen. Nein! das ist auch ganz natürlich, das sind gar keine feinen Bücher, das sind solche, wie man sie auf den Jahrmärkten von Bänkelsängerinnen kauft.«

»Das ist doch sonderbar: lesen Sie immer solche Bücher?«

»Immer? ich lese nicht viele Bücher zwischen Jahr und Tag, und ich mag eigentlich am liebsten die Art, in denen Indianer vorkommen.«

»Aber Dichterwerke? Oehlenschläger, Schiller und die andern?«

»Ja, ich kenne sie wohl; wir hatten einen ganzen Schrank voll davon zu Hause, und Fräulein Holm – die Gesellschafterin meiner Mutter – las nach dem Frühstück und des Abends daraus vor; aber ich kann nicht sagen, daß sie mir gefielen – ich kann keine Verse leiden.«

»Keine Verse leiden! – Sie sagten *hatten*, lebt Ihre Frau Mutter nicht mehr?«

»Nein, und mein Vater auch nicht.«

Dies wurde in einem etwas mürrischen, abweisenden Ton gesagt, und die Unterhaltung stockte für eine Weile und ließ die vielen kleinen Laute, die die Bewegung des Bootes durch das Wasser hervorbrachte, deutlich hören.

Das Fräulein brach das Schweigen:

»Mögen Sie gern Gemälde?«

»Altarbilder? ach, ich weiß nicht.«

»Ja, oder andre Bilder, Landschaften zum Beispiel?«

»Malt man die auch? Ja, das ist wahr, das weiß ich ja.«

»Sie machen sich gewiß lustig über mich?«

»Ich! Ja, einer von uns tut es wohl!«

»Aber sind Sie denn nicht Student?«

»Student! Woher hätte ich das wohl werden sollen! Nein, ich bin nichts!«

»Ja, etwas müssen Sie doch sein. Sie müssen doch irgend etwas tun?«

»Warum das?«

»Ja, denn das – das tun doch alle Menschen.«

»Tun Sie denn etwas?«

»Ach ja! aber Sie sind doch auch keine Dame.«

»Nein, Gott sei Dank!«

»Danke schön!«

Er hielt mit dem Rudern inne, zog die Ruder ein wenig ein, sah ihr ins Gesicht und sagte:

»Was wollen Sie damit sagen? – nein. Sie müssen nicht böse auf mich sein; ich will Ihnen etwas sagen, ich bin so ein sonderbarer Kauz. Sie können das gar nicht verstehen. Sie meinen nun, weil ich fein in Kleidern bin, daß ich darum ein feiner Mann sein muß. Mein Vater war ein feiner Mann, und es ist mir gesagt worden, daß er so ungeheuer viel konnte, und das konnte er wohl auch, da er Landrat war. Ich kann nichts, denn Mutter und ich gaben einander in allem nach, und ich machte mir nichts daraus, *das* zu lernen, was man in der Schule lernt, und tue es auch jetzt noch nicht. Ach, Sie hätten meine Mutter sehen sollen, das war so eine kleine, kleine Dame. Schon als ich dreizehn Jahre alt war, konnte ich sie in den Garten hinuntertragen. Sie war so leicht; in den letzten Jahren trug ich sie so oft auf meinem Arm durch den ganzen Garten und den Park. Ich sehe sie noch in ihren schwarzen Gewändern – und vielen breiten Spitzen ...«

Er griff zu den Rudern und ruderte gewaltsam drauflos. Der Justizrat wurde ein wenig unruhig, als er das Wasser am Achtersteven so hoch hinaufgehen sah, und meinte, sie müßten wohl sehen, wieder an Land zu kommen; und dem Ufer zu ging es.

»Sagen Sie mir,« fragte das Fräulein, als das starke Rudern ein wenig nachgelassen hatte, »kommen Sie oft in die Stadt?«

»Ich bin nie dagewesen.«

»Nie dagewesen! und Sie wohnen hier nur drei Meilen davon.«

»Ich wohne nicht immer hier, ich wohne an allen möglichen Orten, seit meine Mutter starb, aber zum Winter gehe ich in die Stadt, um rechnen zu lernen.«

»Mathematik?«

»Nein, Holzfracht,« sagte er und lachte, »ja, das verstehen Sie nicht; ich will Ihnen nämlich sagen, wenn ich mündig werde, will ich eine Jacht kaufen und auf Norwegen fahren, und dann muß ich rechnen können, wegen Zoll und Klarierung.«

»Haben Sie wirklich Lust dazu?«

»Ach, es ist herrlich auf See, es ist so viel Leben im Segeln – so, da haben wir die Brücke!«

Er legte an. Der Justizrat und seine Tochter stiegen an Land, nachdem sie ihm das Versprechen abgenommen hatten, daß er sie auf Kap Trafalgar besuchen wolle. Dann gingen sie zum Dorfschulzen hinauf, er aber ruderte auf die See hinaus. Oben bei der Pappel konnten sie noch die Ruderschläge hören.

»Du, Kamilla!« sagte der Justizrat, der draußen gewesen war, um die Außentür abzuschließen, »sag mir doch,« sagte er, indem er seine Handlampe mit dem Bart des Schlüssels auslöschte, »hieß die Rose, die sie bei Karlsens hatten, Pompadour oder Maintenon?«

»Cendrillon«, antwortete die Tochter.

»Ganz recht, so hieß sie auch –, nun – dann müssen wir wohl sehen, daß wir zur Ruhe kommen; gute Nacht, mein Kind; gute Nacht, und schlafe wohl!«

Als Kamilla auf ihr Zimmer hinaufgekommen war, zog sie das Rouleau in die Höhe, stützte die Stirn gegen die kalte Fensterscheibe und summte Elisabeths Lied aus dem Elfenhügel vor sich hin. Um Sonnenuntergang hatte sich der Wind ein wenig aufgenommen, und einzelne weiße Wölkchen jagten, vom Mond beleuchtet, auf Kamilla zu. Sie stand lange da und sah sie an, verfolgte sie schon von weit her und summte lauter und lauter, je näher sie kamen, schwieg ein paar Minuten, wenn sie über ihr verschwanden, suchte neue und folgte ihrem Flug. Mit einem kleinen Seufzer ließ sie dann das Rouleau hinab. Sie trat an den Toilettentisch und stützte die Ellenbogen darauf, lehnte den Kopf gegen die gefalteten Hände und betrachtete ihr Bild im Spiegel, ohne es eigentlich zu sehen. Sie dachte an einen großen jungen Mann, der eine kranke, kleine, schwarzgekleidete Dame in seinen Armen trug, sie dachte an einen großen jungen Mann, der in einem verheerenden Sturme ein kleines Fahrzeug zwischen die Klippen und Schären dahinlenkte. Sie hörte eine ganze Unterhaltung noch einmal. Sie errötete: Eugen Karlsen würde geglaubt haben, daß du ihm den Hof machtest! Mit einer kleinen eifersüchtigen Gedankenverbindung fuhr sie fort: Klara würde niemals irgend jemand im Regenwetter draußen im Walde nachgelaufen sein, sie hätte einen Fremden nicht aufgefordert – geradezu aufgefordert – mit ihr zu segeln, obendrein: »Dame bis in die Fingerspitzen«, hatte Karlsen von Klara gesagt, das war ein Verweis für dich, kleine Bauern-Kamilla! Dann entkleidete sie sich mit affektierter Langsamkeit, ging zu Bett, nahm ein kleines, elegantes Buch von der Etagere neben dem Bett, schlug die erste Seite auf und las ein kleines geschriebenes Gedicht mit einer müden, bittern Miene durch, ließ das Buch an die Erde fallen und brach in Tränen aus; darauf nahm sie sanftmütig das Buch wieder auf, legte es an seinen Platz und löschte das Licht aus; lag dann ein wenig und sah trostlos das mondbeschienene Rouleau an und schlief endlich ein.

Wenige Tage darauf machte sich der »Regenwettermann« auf den Weg nach Kap Trafalgar. Er begegnete einem Bauer, der ein Fuder Roggenstroh fuhr, und erhielt Erlaubnis aufzusitzen. Dann legte er sich auf den Rücken in das Stroh und sah zu dem wolkenlosen Himmel hinauf. Die erste halbe Meile lag er da und ließ seine Gedanken kommen und gehen, wie sie wollten, sie waren übrigens nicht sehr verschieden, die meisten kamen und fragten, wie ein Menschenkind so wunderbar schön sein konnte, und staunten darüber, daß es eine unterhaltende Beschäftigung für mehrere Tage sein könne, sich die Züge, die Mienen und den Farbenwechsel eines Antlitzes, die kleinen Bewegungen eines Kopfes und zweier Hände und den wechselnden Tonfall einer Stimme ins Gedächtnis zurückzurufen. Aber dann zeigte der Bauer mit der Peitsche auf ein Schieferdach in einer Entfernung von einer Viertelmeile und sagte, das wären Justizrats, und dann kam der gute Mogens aus dem Stroh in die Höhe und starrte ängstlich nach dem Dach, hatte ein wunderliches Gefühl von Beklommenheit, versuchte, sich vorzustellen, daß niemand zu Hause sei, wurde aber hartnäckig in die Vorstellung hineingezogen, daß da große Gesellschaft war, und konnte sich

nicht wieder davon befreien, obwohl er zählte, wieviel Kühe »Land-
lust« auf der Weide hatte und wieviel Kieshaufen er am Wege entlang sehen konnte. Endlich hielt der Bauer da, wo ein kleiner Weg
nach dem Landhause hinunterführte, und Mogens ließ sich von
dem Fuder heruntergleiten und machte sich daran, die kleinen Stücke Stroh abzubürsten, während das Fuder langsam über den Kies
des Wegs dahinknirschte. Er näherte sich der Gartenpforte Fuß für
Fuß, sah einen roten Schal hinter den Balkonfenstern verschwinden,
einen kleinen verlaßnen, weißen Nähkorb auf dem Balkonrande
und den Rücken eines schaukelnden, leeren Schaukelstuhls. Er trat
in den Garten ein, den Blick beständig auf den Balkon gerichtet,
hörte den Justizrat Guten Tag sagen, wandte den Kopf nach dem
Laut um und sah ihn dastehen und nicken, die Arme voll von leeren Blumentöpfen. Dann sagten sie dies und jenes, und dann verfiel
der Justizrat darauf, auseinanderzusetzen, wie man wohl gewissermaßen sagen könne, der alte Kastenunterschied zwischen den
Baumsorten sei durch das Pfropfen aufgehoben, aber daß ihm dieses im übrigen sehr zuwider sei. Dann kam Kamilla langsam auf sie
zu, in einen stechend blauen Schal gehüllt. Sie hatte die Arme in
den Schal gewickelt und grüßte mit einer kleinen Kopfbewegung
und einem matten Willkommen. Der Justizrat ging mit seinen Blumentöpfen, Kamilla stand da und sah über die Schulter zu dem
Balkon hinauf; Mogens sah sie an. Wie war es ihm ergangen seit
neulich? Danke, ihm hatte nicht das geringste gefehlt. Viel geru-
dert? Ach ja, wie gewöhnlich, vielleicht nicht ganz soviel. Sie wandte den Kopf nach ihm um, sah ihn kühl an, hielt den Kopf ein wenig
auf die Seite und fragte mit halbgeschloßnen Augen und einem
matten Lächeln, ob denn die schöne Magelone ihn mit Beschlag
belegt habe. Er wisse nicht, was sie meine, aber er glaube es fast.
Dann standen sie eine Weile da und sagten nichts. Kamilla tat ein
paar Schritte auf eine Ecke zu, wo eine Bank und ein Gartenstuhl
standen, sie setzte sich auf die Bank und bat ihn, nachdem sie sich
gesetzt hatte, indem sie auf den Stuhl sah, Platz zu nehmen, er müsse ja müde sein nach dem langen, langen Wege. Er setzte sich auf
den Stuhl.

Ob er glaube, daß etwas aus der geplanten Verbindung werde?
Es sei ihm vielleicht gleichgültig? Natürlich mache er sich nichts aus
dem Königshause? Er hasse selbstredend die Aristokratie? Es gebe

nur wenige junge Herren, die nicht glaubten, daß die Demokratie Gott weiß was sei. Er gehöre wohl zu denen, die den Familienverbindungen des Königshauses nicht die geringste politische Bedeutung beilegten? Vielleicht irre er doch. Man hatte ja gesehen … Sie hielt plötzlich inne, verwundert darüber, daß Mogens, der anfangs ein wenig erschrocken gewesen war über all das viele, jetzt ganz vergnügt aussah. Er sollte doch nicht gar dasitzen und sich über sie lustig machen? sie wurde ganz rot.

»Interessieren Sie sich sehr für Politik?« fragte sie ängstlich.

»Nicht im geringsten.«

»Aber warum lassen Sie mich denn hier sitzen und eine Ewigkeit politisieren?«

»Ach, Sie sagen das alles so hübsch, es ist ganz gleichgültig, worüber Sie eigentlich reden.«

»Das ist wirklich kein Kompliment.«

»Doch ist es das«, versicherte er eifrig, da es ihm schien, als sähe sie ganz beleidigt aus.

Kamilla brach in ein Gelächter aus, sprang auf und lief ihrem Vater entgegen, faßte ihn unter den Arm und kehrte dann mit ihm zu dem erstaunten Mogens zurück.

Als das Mittagessen überstanden war und sie oben auf dem Balkon Kaffee getrunken hatten, schlug der Justizrat einen Spaziergang vor. So gingen sie denn alle drei den kleinen Weg über die große Landstraße und einen schmalen Pfad entlang, zu dessen beiden Seiten Roggenstoppeln standen, über den Zauntritt in das Gehege. Dort stand die Eiche und all das andre, es waren sogar noch Winden in der Dornenhecke. Kamilla bat Mogens, ihr einige davon zu holen. Er riß sie alle zusammen ab und kam mit einer ganzen Handvoll zurück.

»Dank, so viele will ich nicht haben«, sagte sie, nahm einige und ließ die übrigen an die Erde fallen.

»Dann wollte ich, ich hätte sie sitzen lassen«, sagte Mogens ernsthaft.

Kamilla bückte sich und fing an, sie wieder aufzusammeln. Sie hatte erwartet, daß er ihr helfen würde, und sah erstaunt nach ihm auf, aber er stand ganz ruhig da und sah auf sie herab. Ja, sie hatte nun einmal damit angefangen, da mußte sie denn dabeibleiben, und aufgesammelt wurden sie; aber dann sprach sie freilich auch nicht mit Mogens, eine lange, lange Zeit, ja, sah nicht einmal nach der Seite hin, wo er war. Aber sie mußten sich doch ausgesöhnt haben, denn als sie auf dem Heimwege wieder an die Eiche kamen, ging Kamilla unter den Baum und sah in seine Krone hinauf, trippelte von der einen Seite auf die andre, machte allerlei Bewegungen mit den Händen und sang, und Mogens mußte in das Haselgestrüpp gehen und sehen, wie er sich ausgenommen hatte. Auf einmal lief Kamilla auf ihn zu, aber Mogens fiel aus der Rolle und vergaß zu schreien wie auch zu laufen, und dann erklärte Kamilla lachend, sie sei sehr unzufrieden mit sich und hätte sich nicht die Dreistigkeit zugetraut, stehen zu bleiben, wenn so ein entsetzlicher Mensch, und dabei zeigte sie auf sich selbst, auf sie zugestürzt komme. Aber Mogens erklärte, daß er sehr mit sich zufrieden sei.

Als er um Sonnenuntergang nach Hause wollte, begleiteten der Justizrat und Kamilla ihn ein Stück Wegs. Und als sie dann zurückkehrten, sagte sie zu ihrem Vater, daß sie den einsamen Menschen während des Monats, wo noch von auf dem Lande bleiben die Rede sein könne, wohl noch recht oft einladen müßten, denn er kenne ja keinen Menschen hier draußen, und der Justizrat sagte ja und lächelte darüber, für so arglos gehalten zu werden, aber Kamilla ging da und sah sanft ernsthaft aus, damit man nicht daran zweifeln solle, daß sie ja das Mitleid in höchsteigner Person sei.

Es wurde nun wirklich so mildes Herbstwetter, daß Justizrats noch einen ganzen Monat auf Kap Trafalgar blieben, und das Mitleid führte dahin, daß Mogens zweimal in der ersten Woche und ungefähr jeden Tag in der dritten dahinkam.

Es war an einem der letzten Tage des schönen Wetters, früh am Morgen hatte es geregnet und war bis weit in den Vormittag hinein bewölkt gewesen, aber jetzt war die Sonne hervorgekommen, und sie schien so stark und warm, daß die nassen Gartensteige, Rasenplätze und die Zweige der Bäume in einem feinen, leichten Dampf dastanden. Der Justizrat ging umher und schnitt Astern ab, Mogens und Kamilla waren in einer Ecke des Gartens, um einige späte Winteräpfel abzunehmen. Er stand oben auf einem Tisch mit einem Korb am Arm, sie stand auf einem Stuhl und hielt die Zipfel einer großen, weißen Schürze.

»Nun, was wurde denn daraus?« rief sie Mogens ungeduldig zu, der das Märchen, das er erzählte, unterbrochen hatte, um eines Apfels habhaft zu werden, der hoch oben hing.

»Ja,« fuhr er fort, »da fing dann der Bauer an, dreimal um sich selbst herumzulaufen und zu singen: ›Nach Babylon, nach Babylon! mit einem eisernen Ring durch den Kopf!‹ Und dann flogen er und sein Mutterkalb, seine Urgroßmutter und sein schwarzer Hahn; sie flogen über Meere, so breit wie Arup Vejle, über Berge, so hoch wie die Janneruper Kirche, hin über Himmerland und durch das Holsteinsche, ganz bis ans Ende der Welt. Da saß der Kobold und aß Frühstück: er war gerade fertig, als sie kamen.

›Du solltest ein wenig gottesfürchtig sein, Väterchen,‹ sagte der Bauer, ›sonst könnt es davon herkommen, daß du am Himmelreich vorbeikämst.‹

Ja, er wollte gern gottesfürchtig sein.

›Dann mußt du nach Tische beten‹, sagte der Bauer ...«

»Nein, ich will nicht mehr erzählen,« sagte Mogens ungeduldig.

»Nun, dann lassen Sie es nach!« sagte Kamilla und sah erstaunt zu ihm auf.

»Ich kann es ebensogut gleich sagen,« fuhr Mogens fort, »ich will Sie etwas fragen, aber Sie müssen mich nicht auslachen.«

Kamilla sprang vom Stuhl herunter.

»Sagen Sie mir! – nein, ich will selbst etwas sagen, – hier ist der Tisch, und da ist die Hecke, wollen Sie nicht meine Braut sein, so springe ich mit dem Korb über die Hecke und bleibe weg. Eins!«

Kamilla sah verstohlen zu ihm auf und sah das Lächeln von seinem Gesicht verschwinden.

»Zwei!«

Er war ganz bleich vor Bewegung.

»Ja«, flüsterte sie, ließ die Zipfel der Schürze los, so daß die Äpfel nach allen Ecken der Welt kollerten, und damit lief sie.

Aber sie lief Mogens nicht weg.

»Drei«, sagte sie, als er sie erreichte, aber er küßte sie trotzdem.

Der Justizrat wurde bei seinen Astern gestört, aber der Sohn des Landrats war eine zu tadellose Mischung von Natur und Zivilisation, als daß der Justizrat Schwierigkeiten hätte machen wollen.

———————

Es war zu Ende des Winters; die große, dicke Schneeschicht, die dem ununterbrochnen Schneetreiben einer ganzen Woche ihre Entstehung zu verdanken hatte, war stark im Begriff, wegzuschmelzen. Die Luft war voll von Sonne und von Widerschein des weißen Schnees, der in großen, funkelnden Tropfen vor den Fenstern heruntertröpfelte. Da drinnen im Zimmer waren alle Formen und Farben geweckt, alle Linien und Umrisse waren gleichsam lebend. Das Flache streckte sich, das Gebogene krümmte sich, das Schräge glitt, und das Gebrochne brach sich. Alle grünen Töne wimmelten durcheinander auf dem Blumentisch, von den weichsten dunkelgrünen bis zu dem schärfsten Gelbgrün. Die braunroten Töne flossen in Flammen über die Platte des Mahagonitisches, und Gold blitzte und glitzerte von Nippesgegenständen, von Rahmen und Leisten, aber auf dem Teppich brachen sich alle Farben in einem lustigen, leuchtenden Getümmel.

Kamilla saß am Fenster und nähte, und sie und die Grazien auf der Konsole waren ganz eingehüllt in ein rötliches Licht von den roten Gardinen, und Mogens, der langsam im Zimmer auf und nieder wanderte, ging jeden Augenblick aus und ein durch schräge Lichtsäulen von matt-regenbogenfarbnem Staub.

Er war in redseliger Stimmung.

»Ja,« sagte er, »es sind eigentümliche Leute, mit denen ihr verkehrt; es gibt nicht das geringste zwischen Himmel und Erde, womit sie nicht im Handumdrehen fertig sind, *dies* ist gemein, und *das* ist edel, *dies* ist das Dümmste, was seit Erschaffung der Welt getan ist, und *das* ist das Klügste, das da ist so häßlich, so häßlich, und das da ist so schön, daß es sich nicht sagen läßt, und über das alles sind sie sich sämtlich einig, es ist, als hätten sie eine bestimmte Tabelle oder so etwas, wonach sie es ausrechneten, denn sie bekommen alle zusammen dasselbe Fazit, was es auch sein mag. – Wie sie sich ähnlich sind, diese Menschen! Alle zusammen wissen sie dasselbe und reden sie über dasselbe, sie haben alle dieselben Worte und dieselben Ansichten.«

»Du willst doch nicht behaupten,« wandte Kamilla ein, »daß Karlsen und Rönhold dasselbe meinen?«

»Ja, das sind nun die Herrlichsten von ihnen allen, sie gehören ja zu verschiednen Parteien! ihre Grundanschauungen sind so verschieden wie Tag und Nacht! nein, das sind sie nicht, sie sind sich so einig, daß es eine Lust ist, vielleicht ist da eine kleine Kleinigkeit, über die sie wirklich uneinig sind, vielleicht ist es nur ein Mißverständnis, aber es ist, weiß Gott, eine reine Komödie, sie zu hören, es ist, als hätten sie miteinander verabredet, alles mögliche zu tun, um sich nicht einig zu werden; sie fangen mit lautem Rufen an, dann reden sie sich gleich in Eifer, und dann sagt der eine im Eifer etwas, was er nicht meint, und dann sagt der andre das gerade Gegenteil, was er auch nicht meint, und dann greift der eine *das* an, was der andre gar nicht meint, und der andre *das*, was der eine gar nicht meint, und dann ist das Spiel im Gange.«

»Aber was haben sie dir denn getan?«

»Sie ärgern mich, diese Burschen; wenn man ihnen ins Gesicht sieht, ist es gleichsam, als bekäme man es verbrieft, daß in Zukunft nichts Besondres mehr auf der Welt geschehen wird.«

Kamilla legte die Näharbeit hin, trat an ihn heran und faßte die Zipfel seines Rockkragens und sah schelmisch fragend zu ihm auf.

»Ich kann diesen Karlsen nicht ausstehen!« sagte er ärgerlich und warf den Kopf in den Nacken.

»Nun, und dann?«

»Und dann bist du so sehr, sehr süß!« murmelte er komisch zärtlich.

»Und dann?«

»Und dann,« brauste er auf, »dann sieht er dich an und hört dir zu und spricht mit dir auf eine Weise, die ich nicht leiden kann; er soll das nachlassen, das soll er, denn du bist *mein* und nicht *sein*. Nicht wahr! Du bist nicht sein, gar nicht sein. Du bist mein, du hast dich mir verschrieben, wie der Doktor dem Teufel, du bist mein mit Leib und Seele, mit Haut und Haar, bis in alle Ewigkeit hinein.«

Sie nickte ein wenig ängstlich zu ihm hinauf, sah ihn treu an, bekam Tränen in die Augen und schmiegte sich dann an ihn, und er schlang die Arme um sie, beugte sich über sie nieder und küßte sie auf die Stirn.

Am Abend desselben Tages begleitete Mogens den Justizrat auf die Post, es war nämlich eine plötzliche Order an den Justizrat gekommen, eine Amtsreise betreffend, die er machen sollte. Am Morgen des nächsten Tages sollte Kamilla deswegen zu ihrer Tante hinausfahren und dort bleiben, bis er wiederkam.

Als Mogens seinen künftigen Schwiegervater fortgebracht hatte, ging er nach Hause und dachte daran, daß er Kamilla mehrere Tage nicht sehn sollte. Er bog in die Straße ein, wo sie wohnte. Die war lang und schmal und nur wenig belebt. Ein Wagen rasselte in dem entlegensten Teil dahin; aus der Richtung klang auch das Geräusch von Fußtritten, die sich verloren. Jetzt hörte er nur einen Hund in dem Gebäude hinter sich bellen. Er sah an dem Hause hinauf, wo Kamilla wohnte: es war wie gewöhnlich dunkel in dem untern Stockwerk, und die gekalkten Fensterscheiben erhielten nur ein wenig unruhiges Leben von dem flackernden Scheine der Laterne am Nachbarhause. Im zweiten Stockwerk standen die Fenster offen, und in dem einen ragte ein ganzer Haufen Bretter über die Fensterbank heraus. Bei Kamilla war es dunkel, darüber war es dunkel, nur in dem einen Mansardenfenster schimmerte ein weißgoldner Schein von dem Mond. Oben über dem Hause jagten die Wolken in wilder Flucht dahin. In den Gebäuden zu beiden Seiten waren die Fenster erhellt.

Das dunkle Haus machte Mogens traurig, es stand da so verlassen und trostlos; die offnen Fenster klirrten mit ihren Haken, das Wasser lief eintönig trommelnd in die Dachrinne hinab, dann und wann fiel an irgendeiner Stelle, die er nicht sehn konnte, ein klein wenig Wasser mit einem hohlen, weichen Laut, und die Luft sauste schwer durch die Straße. Das dunkle, dunkle Haus! Mogens traten Tränen in die Augen, er empfand einen Druck vor der Brust, und ihn erfaßte eine wunderlich dunkle Vorstellung, daß er sich Kamilla gegenüber etwas vorzuwerfen habe. Dann mußte er an seine Mutter denken, und ihn überkam die Sehnsucht, seinen Kopf in ihren Schoß zu legen und sich auszuweinen.

So stand er lange, die Hand gegen die Brust gepreßt, bis ein Wagen in scharfem Trab durch die Straße gefahren kam, dann ging er hinter dem drein und nach Hause. Er mußte lange stehn und an der Haustür rütteln, ehe sie aufging, dann lief er trällernd seine Treppe hinauf, und als er in das Zimmer gekommen war, warf er sich, einen von Smollets Romanen in der Hand, auf das Sofa und las und lachte bis nach Mitternacht.

Endlich wurde es zu kalt im Zimmer, er sprang auf und ging stampfend auf und nieder, um die Kälte zu vertreiben. Er blieb am Fenster stehn: der Himmel war an der einen Ecke so hell, daß die schneebedeckten Dächer mit ihm verschmolzen; an der andern Ecke trieben einige lange Wolken, und darunter hatte die Luft einen seltsam rötlichen Schein, einen unsicher wogenden Schein, einen roten, rauchenden Nebel; er riß das Fenster auf, da war eine Feuersbrunst nach der Gegend des Justizrats zu. Die Treppe hinab, die Straße hinab, so schnell er konnte; eine Querstraße hinab, durch eine Seitengasse, und dann geradeaus; noch konnte er nichts sehn, aber als er um die Ecke bog, sah er den brandroten Schein. Ungefähr zwanzig Menschen stürzten einzeln die Straße hinunter. Indem sie aneinander vorbeiliefen, fragten sie, wo das Feuer sei. Es wurde geantwortet: die Zuckersiederei. Mogens fuhr fort so schnell zu laufen wie vorher, aber weit leichter ums Herz. Noch ein paar Straßen, es wurden mehr und mehr Menschen, und sie sprachen von der Seifenfabrik. Die lag Justizrats gerade gegenüber. Mogens rannte wie besessen. Es war nur noch eine schräge Quergasse übrig, die war ganz mit Leuten angefüllt: ruhige, gutgekleidete Männer, zerlumpte alte Weiber, die dastanden und in einem langsam winselnden Ton sprachen, schreiende Lehrjungen, aufgeputzte Mädchen, die miteinander flüsterten, Eckensteher, die wie angewurzelt standen und Witze machten, erstaunte Trunkenbolde und Trunkenbolde, die sich zankten, hilflose Schutzleute und Droschken, die weder vorwärts noch rückwärts konnten. Mogens wand sich durch die Menge. Jetzt war er an der Ecke; die Funken sickerten langsam auf ihn nieder. Die Straße hinauf; es stoben Funken, die Fensterscheiben zu beiden Seiten glühten, die Fabrik brannte, Justizrats brannten, und das Nachbarhaus brannte auch. Alles war Rauch, Feuer und Verwirrung, Rufen, Fluchen, Dachsteine, die niederprasselten, Axthiebe, Holz, das zersplittert wurde, Fensterscheiben, die klirrten, Strahlen, die zischten, spritzten und plätscherten, und zwischen alledem das regelmäßige dumpfe Schluchzen der Pumpenschläge. Möbel, Betten, schwarze Helme, Leitern, blanke Knöpfe, beleuchtete Gesichter, Räder, Stricke, Segeltuch, wunderliche Instrumente; Mogens stürzte zwischen, über, unter das alles, vorwärts, dem Hause zu.

Die Fassade war stark erhellt von den Flammen aus der brennenden Fabrik, der Rauch quoll zwischen den Dachsteinen hervor und wälzte sich aus den offnen Fenstern des ersten Stockwerks; da drinnen bullerte und knisterte das Feuer; es kam ein langsam krachender Laut, der in Rollen und Knacken überging und mit einem dumpfen Dröhnen endete; Rauch, Funken und Flammen quälten sich gewaltsam aus allen Öffnungen des Hauses; und dann fingen die Flammen an, mit doppelter Stärke und doppelter Klarheit zu spielen und zu klatschen. Es war der mittlere Teil der Decke des ersten Stockwerks, der einstürzte. Mogens packte mit beiden Händen eine große Brandleiter, die an dem Teil der Fabrik lehnte, der noch nicht in Flammen stand. Einen Augenblick hielt sie sich lotrecht, aber dann fiel sie von ihm auf das Haus des Justizrats hinüber und stieß einen Fensterrahmen im zweiten Stockwerk ein. Mogens sprang die Leiter hinauf und durch die Öffnung. Im ersten Augenblick mußte er des starken Holzrauchs wegen die Augen schließen; und der dicke, qualmende Dampf, der von dem verkohlten Holz aufstieg, das die Wasserstrahlen erreicht hatten, benahm ihm den Atem. Er war im Eßzimmer. Die Wand nach dem Wohnzimmer war fast ganz eingestürzt. Das Wohnzimmer war ein großer, glühender Abgrund, die Flammen unten aus dem Grunde des Hauses schlugen hin und wieder fast bis an die Decke empor, die wenigen Bretter, die hängen geblieben waren, als der Fußboden einstürzte, brannten mit hellen, weißgelben Flammen, Schatten und Flammenschein wogten über die Wände, die Tapete rollte sich hier und da zusammen, fing Feuer und flog in brennenden Fetzen hinab in die Tiefe, und an losen Leisten und Bilderrahmen leckten behende, gelbe Flammen empor. Mogens kroch über Trümmer und Bruch-stücke der eingestürzten Wand bis an den Rand des Abgrundes, von da unten wogten kalte und heiße Luftströme abwechselnd ge-gen sein Gesicht. Drüben auf der andern Seite war so viel von der Wand eingefallen, daß er in Kamillas Zimmer hineinsehn konnte, während das Stück, das das Büro des Justizrats verdeckte, noch stand. Es wurde heißer und heißer, die Haut des Gesichts strammte sich, und er merkte, daß sein Haar sich kräuselte. Etwas Schweres strich über seine Schulter und blieb ihm über dem Rücken liegen und drückte ihn zu Boden nieder, es war der Tragbalken, der lang-sam von seinem Platz heruntergeglitten war. Er konnte sich nicht rühren, das Atemholen wurde ihm schwerer und schwerer, und seine Schläfen pochten gewaltsam; links von ihm plätscherte ein Wasserstrahl gegen die Mauer des Eßzimmers, und er ging auf in dem einen Wunsch, daß die kalten, kalten Tropfen, die nach allen Seiten zerstreut wurden, auf ihn niederspritzen möchten. Da hörte er es drüben auf der andern Seite des Abgrunds stöhnen, und er sah etwas Weißes sich auf dem Fußboden in Kamillas Zimmer bewe-gen. Sie war es. Sie lag auf den Knien und preßte, indem sie sich in den Hüften wiegte, eine Hand gegen jede Seite des Kopfes. Sie er-hob sich langsam und kam an den Rand des Abgrunds. Sie stand starr aufrecht, die Arme hingen schlaff herab, und der Kopf wackel-te gleichsam auf dem Halse; ganz, ganz langsam sank ihr Oberkör-per vornüber, ihr langes, schönes Haar fegte über den Fußboden, ein kurzes, starkes Aufflammen, und es war fort, im nächsten Au-genblick stürzte sie hinab in die Flammen.

Mogens stieß einen klagenden Laut aus, kurz, tief und stark wie das Brüllen eines wilden Tiers, und machte gleichzeitig eine gewalt-same Bewegung, als wolle er sich von dem Abgrund entfernen; er konnte nicht, des Balkens wegen; seine Hände tasteten über Mauer-brocken, dann erstarrten sie gleichsam in einem gewaltsamen Um-klammern der Trümmer, und dann fing er an, in regelmäßigem Takt die Stirn gegen den Schutt zu schlagen, und stöhnte: »Herr Gott, Herr Gott, Herr Gott!«

So lag er. Nach Verlauf einiger Zeit merkte er, daß da etwas war, was dastand und ihn ergriff; es war ein Feuerwehrmann, der den Balken beiseite geworfen hatte und ihn nun aus dem Hause tragen wollte; Mogens merkte mit einem starken Gefühl von Unbehagen, daß er aufgehoben und fortgeführt wurde. Der Feuerwehrmann trug ihn an die Öffnung; da bekam Mogens eine klare Empfindung, daß ihm ein Leid zugefügt werde, und daß der Mann, der ihn trug, ihm nach dem Leben trachte, er riß sich aus seinen Armen los, ergriff eine Latte, die am Boden lag, hieb dem Mann damit über den Kopf, so daß er zurücktaumelte, kam aus der Öffnung heraus und lief aufrecht die Leiter herunter, die Latte über seinem Kopf haltend. Durch Getümmel, Rauch, Menschenmenge, durch leere Straßen, über öde Plätze, aufs Feld hinaus. Tiefer Schnee überall, in einiger Entfernung ein schwarzer Fleck, es war ein Kieshaufen, der über der Schneeschicht aufragte, er schlug danach mit der Latte, schlug wieder und wieder, fuhr fort, danach zu schlagen, wollte ihn totschlagen, so daß er ganz weg war, wollte auch weit fortlaufen, lief rund um ihn herum und schlug danach wie besessen, er wollte nicht, wollte nicht verschwinden, er schleuderte die Latte weit weg und warf sich über den schwarzen Haufen, um ihm den Garaus zu machen, er bekam die Hände voll kleiner Steine, es war Kies, es war ein schwarzer Kieshaufen; warum lag er draußen auf dem Feld und wühlte in einem schwarzen Kieshaufen? – Er roch den Rauch, die Flammen zuckten um ihn her, er sah Kamilla in sie hineinsinken, er schrie und stürzte dahin über das Feld. Er konnte den Anblick der Flammen nicht loswerden, er hielt sich die Augen zu: Flammen, Flammen! warf sich an die Erde und preßte das Gesicht in den Schnee: Flammen! sprang auf, lief zurück, lief vorwärts, bog ab: Flammen überall! dahin ging es über den Schnee, vorbei an Häusern, vorbei an Bäumen, vorbei an einem entsetzten Gesicht, das durch eine Fensterscheibe starrte, um Kornmieten herum und über Höfe, wo Hunde heulten und an ihren Ketten zerrten. Er lief an einem Vorderhaus vorüber und stand plötzlich vor einem stark und unruhig erhellten Fenster, das Licht tat ihm wohl, die Flammen wichen davor; er ging an das Fenster heran und sah hinein, es war eine Braustube, ein Mädchen stand am Herd und rührte in dem Kessel; das Licht, das sie in der Hand hielt, schien ein wenig rötlich in dem starken Qualm; ein andres Mädchen saß und rupfte Federvieh, und ein drittes sengte es über einem großflammigen Strohfeuer; die Flammen wurden kleiner, dann kam frisches Stroh hinzu, und sie loderten wieder auf, dann wurden sie wieder kleiner, noch kleiner, erloschen. Mogens stieß wütend eine Scheibe mit dem Ellbogen ein und ging langsam davon, die Mädchen da drinnen schrien. Dann lief er wieder, lief lange unter leisem Jammern. Es kamen zerstreute Erinnerungsblitze aus der guten Zeit, und es wurde doppelt düster, wenn sie vorüber waren, er konnte es nicht aushalten, an das zu denken, was geschehen war, es durfte nicht geschehn sein, er warf sich auf die Knie und rang die Hände zum Himmel empor, indem er flehte, das Geschehne ungeschehn zu machen. Lange schleppte er sich auf den Knien dahin und hielt die Augen unverwandt auf den Himmel gerichtet, als fürchte er, daß ihm der entschlüpfen werde, um seinen Bitten zu entgehn, wenn er ihn nicht unablässig ansehe. Dann kamen die Bilder aus der guten Zeit dahergeschwebt, immer mehr und mehr, in nebellichten Reihen; da waren auch Bilder, die in plötzlichem Glanz um ihn aufschossen, und andre gaukelten vorüber, so unbestimmt, so fern, daß sie fort waren, ehe er recht wußte, was es war. Er saß still im Schnee, überwältigt von Licht und Farbe, von Leben und Glück, und die dunkle Angst, die er anfangs davor gehabt hatte, daß etwas kommen würde und das alles auslöschen, war geschwunden. Es war so still um ihn, so ruhig in ihm, die Bilder waren weg, aber das Glück war da. So still! Da war kein Laut; aber Laute gehn um. Und da kam Lachen und Gesang, und leichte Worte kamen und leichte Schritte und das dumpfe Schluchzen der Pumpenschläge. Jammernd lief er davon, lief weit und lange, kam an die See, lief an dem Ufer entlang, bis eine Baumwurzel ihn straucheln machte, und da war er so müde, daß er liegen blieb.

Mit einem weich glucksenden Laut plätscherte das Wasser über die kleinen Steine, stoßweise sauste es leicht in den kahlen Zweigen, einzelne Krähen schrien draußen über der See, und der Morgen warf seinen grellen blauen Schein über Wald und Meer, über den Schnee und über das bleiche Antlitz.

Bei Sonnenaufgang ward er von dem Hegereiter des benachbarten Waldes gefunden und zu Waldhüter Nikolajs hinaufgetragen, und dort lag er Wochen und Tage zwischen Tod und Leben.

Ungefähr um die Zeit, wo Mogens zu Nikolajs fortgetragen wurde, entstand ein Auflauf um einen Wagen am Ende der Straße, wo der Justizrat wohnte. Der Kutscher konnte nicht begreifen, weshalb der Schutzmann ihn hindern wollte, seinen rechtmäßigen Auftrag auszuführen, und darum zankten sie sich. Es war der Wagen, der Kamilla zu ihrer Tante bringen sollte.

»Nein, seitdem die arme Kamilla so jämmerlich ums Leben gekommen ist, haben wir nicht das geringste von ihm gesehn.«

»Ja, es ist merkwürdig, was in einem Menschen verborgen liegen kann. Man ahnte nichts. So still und verlegen, beinahe linkisch. Nicht wahr, gnädige Frau, *Sie* ahnten nicht das geringste?«

»Von der Krankheit! ja, Gott, wie können Sie fragen! Ach, Sie meinen – ich verstand Sie nicht recht – es sollte etwas gewesen sein, was im Blut lag, etwas Erbliches? – Ja, ich entsinne mich, da war irgend etwas, der Vater wurde nach Aarhus gebracht. War es nicht so, Herr Karlsen?«

»Nein! – Ja, doch, aber das geschah, um begraben zu werden, seine erste Frau liegt ja dort. Nein, ich dachte an, Sie wissen, an das schreckliche oder – ja, an das schreckliche Leben, das er in diesen zwei oder dritthalb Jahren geführt hat.«

»So, nein – nein – Nein! – Davon weiß ich gar nichts.«

»Nun – ja – nein – das gehört ja auch nicht zu den Dingen, von denen man gern spricht, man will ja nicht ... nun! Sie verstehn; Rücksicht auf den lieben Nächsten. Die Familie des Justizrats ...«

»Ja, das hat natürlich seine Berechtigung, das, was Sie sagen, – aber auf der andern Seite – sagen Sie mir ganz aufrichtig, liegt nicht in unsrer Zeit ein verkehrtes, ein – pietistisches Bestreben, die Schwächen unsrer Mitmenschen zu verschleiern, zu verhüllen, und – ich verstehe mich natürlich nicht auf dergleichen Dinge – aber glauben Sie nicht, daß die Wahrheit oder die öffentliche Moral, ich meine nicht diese Moralität, sondern – die Moral, Zustände, wie Sie wollen, – daß diese darunter leiden?«

»Ganz gewiß! und es freut mich außerordentlich, so einig mit Ihnen zu sein, und in diesem Falle ... die Sache ist geradezu die, daß er sich Exzessen aller möglichen Art hingegeben hat, auf die ruchloseste Weise mit dem allerniedrigsten Pöbel gelebt hat, mit Leuten ohne Ehre, ohne Gewissen, ohne Stellung, Religion oder sonst was, mit Tagedieben, Gauklern, Zechbrüdern und – und im Namen der Wahrheit: mit leichtfertigen Frauenzimmern.«

»Und das, nachdem er mit Kamilla verlobt gewesen ist, Gott im Himmel, und nachdem er drei Monate an Gehirnentzündung darniedergelegen hat!«

»Ja – und was setzt das nicht für Neigungen voraus, und wie mag seine Vergangenheit gewesen sein, wie meinen Sie?«

»Ja, und Gott weiß, wie es eigentlich mit ihm in der Verlobungszeit beschaffen gewesen sein mag? Er *war* etwas verdächtig. Das ist nun *meine* Ansicht.«

»Verzeihen Sie, gnädige Frau, und verzeihen auch Sie, Herr Karlsen, Sie haben das Ganze ein wenig abstrakt aufgefaßt, sehr abstrakt; ich bin zufällig im Besitz sehr konkreter Berichte von einem Freund drüben im Jütland und kann die Sache in ihren Einzelheiten darstellen.«

»Herr Rönholt, Sie wollen doch wohl nicht ...?«

»Einzelheiten anführen? Ja, das will ich, Herr Karlsen, mit Erlaubnis der gnädigen Frau. Danke! Er hat allerdings nicht gelebt, wie man nach einer Gehirnentzündung leben muß. Er ist mit ein paar Zechbrüdern auf den Jahrmärkten umhergestreift und soll auch nicht ohne Berührung mit Gauklertruppen gewesen sein, und da namentlich mit dem weiblichen Personal.

Vielleicht wäre es das klügste, wenn ich hinaufliefe und den Brief meines Freundes holte. Wenn Sie gestatten? Werde in einem Augenblick wieder hier sein.«

»Finden Sie nicht auch, Herr Karlsen, daß Rönholt heute auffallend liebenswürdig ist?«

»Ja! – allerdings, aber gnädige Frau dürfen auch nicht vergessen, daß er alle seine Galle in einem Artikel in der Morgenzeitung erschöpft hat. Wenn man sich vorstellt, daß man es wagt, zu behaupten – das ist geradezu Aufruhr, Verachtung des Gesetzes, denn hm ...«

»Sie fanden den Brief?«

»Ja, ich fand ihn. Darf ich anfangen? Lassen Sie mich einmal sehen – ja: ›Unser gemeinsamer Freund, den wir im vorigen Jahr in Mönsted trafen und den du, wie du sagtest, von Kopenhagen her kanntest, hat in den letzten Monaten hier in der Gegend gehaust, er sieht ganz aus wie damals, er ist derselbe bleiche, trübselige Ritter von der traurigen Gestalt. Er ist die lächerlichste Mischung von forciertem Übermut und stiller Hoffnungslosigkeit, ist affektiert – rücksichtslos und brutal gegen sich selbst und andre, ist still und wortkarg und scheint sich durchaus nicht zu amüsieren, obwohl er nichts weiter tut als zechen und schwärmen; es bleibt bei dem, was ich schon damals sagte, er hat die fixe Idee, sich für ganz persönlich vom Dasein beleidigt zu halten. Sein Verkehr war hier nämlich ein Pferdehändler, der Krugküster genannt, weil er immer singt und immer zecht, und ein verschnerztes, langaufgeschossenes Mittelding zwischen Matrosen und Hausierer, bekannt und gefürchtet unter dem Namen Peter Steuerlos, außerdem Schön-Abelone; in der letzten Zeit mußte diese jedoch einem brünetten Frauenzimmer Platz machen, das zu einer Gauklerbande gehört, die uns seit längerer Zeit mit Vorstellungen in Kraftkunst und Seiltanz beglückt hat. Du hast diese Art Frauenzimmer gesehen, mit scharfen, gelben, frühgealterten Gesichtern, Geschöpfe, die zerrüttet sind durch Brutalität, Armut und erbärmliche Laster und sich zum Überfluß stets in abgetragenen Samt und schmutziges Rot kleiden. Da hast du die Bande. Ich begreife die Passion unsres Freundes nicht; es ist ja wahr, daß die Braut so jammervoll ums Leben kam, aber das erklärt doch die Sache nicht. Du sollst aber doch noch hören, wie er uns verließ. Wir hatten einen Jahrmarkt, ein paar Meilen von hier entfernt; er, Steuerlos, der Pferdehändler und das Frauenzimmer saßen in einem Wirtshauszelt und zechten bis tief in die Nacht hinein. Um drei Uhr oder so schickten sie sich endlich zum Aufbruch an. Sie kamen also auf den Wagen, und es geht soweit ganz gut, aber da biegt unser gemeinsamer Freund von der Landstraße ab und fährt mit ihnen davon, über Felder und Heide, was die Pferde laufen wollen. Der Wagen wird von einer Seite auf die andre geschleudert. Schließlich wird es dem Pferdehändler zu bunt, und er ruft, daß er herunter will. Als er abgestiegen ist, peitscht unser gemeinsamer Freund wieder drauflos und lenkt gerade auf einen großen Heidehügel zu; da wird das Frauenzimmer bange und springt ab, und nun geht es den Hügel hinan und wieder hinunter, in so sausend wilder Fahrt, daß es ein Wunder ist, daß der Wagen nicht vor den Pferden unten ankommt. Beim Hinauffahren hatte sich Peter indessen vom Wagen geschlichen, und zum Dank für die Fahrt warf er mit seinem großen Taschenmesser nach dem Kopf des Kutschers.‹«

»Der arme Mensch! Aber das mit dem Frauenzimmer ist doch garstig!«

»Abscheulich, gnädige Frau, entschieden abscheulich. Meinen Sie wirklich, Herr Rönholt, daß diese Darstellung diesen Menschen in ein beßres Licht stellen sollte?«

»Nein, aber in ein sichreres; Sie wissen, in der Dunkelheit kann man die Dinge leicht für größer halten, als sie sind.«

»Kann man sich denn etwas Schlimmeres denken?«

»Wenn nicht, so ist dies das Schlimmste, aber Sie wissen, man soll nie das Schlimmste von Menschen glauben.«

»Ja, im Grunde sind Sie der Ansicht, daß das Ganze nicht so schlimm ist, daß etwas Schneidiges darin liegt, etwas in eminentem Sinne Plebejisches, das Ihrem Hang zum Demokratischen zusagt.«

»Sehen Sie denn nicht, daß er sich recht aristokratisch zu seiner Umgebung verhält?«

»Aristokratisch! Nein, das ist denn doch reichlich paradox! Wenn er nicht Demokrat ist, so weiß ich wirklich nicht, was er ist.«

»Ja, es gibt übrigens auch andre Bestimmungen.«

Weißer Faulbaum, bläulicher Flieder, Rotdorn und strahlender Goldregen blühten und dufteten vor dem Hause. Die Fenster standen offen und mit herabgelassenen Jalousien. Mogens lehnte sich hinein, über das Fensterbrett, die Jalousie lag ihm auf dem Rücken. Es war wohltuend für das Auge, nach all der Sommersonne auf Wald und Wasser und in der Luft, in das gedämpfte, weiche, ruhige Licht des Zimmers hineinzusehen. Eine große, üppige Dame stand da drinnen, den Rücken gegen das Fenster, und stellte Blumen in eine große Vase. Die Bluse ihres rosa Morgenkleides wurde hoch unter der Brust von einem schwarzen, glänzenden Ledergürtel zusammengehalten, auf dem Fußboden hinter ihr lag ein schneeweißer Frisiermantel, ihr reiches, hochblondes Haar hing in einem feuerroten Nachtnetz, »Du bist ein wenig bleich nach dem Gelage von gestern abend«, war das erste, was Mogens sagte.

»Guten Morgen,« erwiderte sie und streckte, ohne sich umzuwenden, die Hand und die Blumen, die sie darin hielt, nach ihm aus. Mogens nahm eine von den Blumen. Laura wandte den Kopf halb nach ihm um, öffnete die Hand ein wenig und ließ die Blumen in kleinen Partien an die Erde fallen. Dann begann sie wieder, sich mit der Vase zu beschäftigen.

»Krank?« fragte Mogens.

»Müde.«

»Ich frühstücke heute nicht bei dir.«

»Nicht!«

»Wir können auch nicht zusammen zu Mittag essen.«

»Du willst fischen?«

»Nein! – Leb wohl!«

»Wann kommst du wieder?«

»Ich komme nicht wieder.«

»Was soll nun *das* heißen?« fragte sie, zupfte an ihrem Kleide, kam an das Fenster und setzte sich auf den Stuhl dort.

»Ich hab dich satt. – Das ist das Ganze.«

»Jetzt bist du boshaft, was fehlt dir? Was habe ich dir nur getan?«

»Nichts, aber da wir weder verheiratet noch toll vor Liebe zueinander sind, kann ich nicht sehen, daß etwas Besondres darin ist, daß ich meiner Wege gehe.«

»Bist du eifersüchtig?« fragte sie ganz leise.

»Auf so eine wie du! Gott bewahre meinen Verstand!«

»Aber was soll dies alles heißen?«

»Es soll heißen, daß ich deiner Schönheit müde bin, daß ich deine Stimme und deine Bewegungen auswendig kann und daß weder deine Launen noch deine Dummheiten oder deine Verschlagenheit mich mehr belästigen können. Kannst du mir da sagen, weswegen ich bleiben sollte?«

Laura weinte. »Mogens, Mogens, wie kannst du das übers Herz bringen! O, was soll ich, was soll ich, was soll ich, was soll ich machen! Bleib nur heute, nur heute, Mogens, du *darfst* nicht von mir gehn!«

»Ach, das sind ja Lügen, Laura, du glaubst es nicht einmal selbst; nicht weil du mich so schrecklich lieb hast, bist du betrübt; es ist nur ein wenig Bestürzung über die Veränderung, du bist ängstlich wegen des bißchen Störung in deinen täglichen Gewohnheiten. Ich kenne das so gut, du bist nicht die erste, deren ich überdrüssig geworden bin.«

»Ach, bleibe nur noch heute bei mir, dann will ich dich auch nicht quälen, nur noch eine Stunde länger zu bleiben!«

»Ihr seid doch wirklich Hunde, ihr Frauenzimmer! Ihr habt keine Spur von Ehre im Leibe, wenn man euch auch einen Fußtritt versetzt, ihr kommt wieder angekrochen!«

»Ja, ja, das tun wir, aber so bleibe doch heute noch – wie – bleibe!«

»Bleibe, bleibe! Nein!«

»Ach, du hast mich nie geliebt, Mogens!«

»Nein!«

»Doch, das hast du getan, du liebtest mich an dem Tage, als es so heftig stürmte, o der schöne Tag, da unten am Strande, als wir im Schutz des Bootes saßen.«

»Dumme Dirne!«

»Wenn ich nur ein ordentliches Mädchen von feinen Eltern wäre und nicht so eine, wie ich bin, dann bliebest du wohl bei mir, dann brächtest du es nicht übers Herz, so hart zu sein – und ich, die ich dich so liebe!«

»Das sollst du nicht!«

»Nein, ich bin wie der Staub, auf den du trittst, mehr machst du dir nicht aus mir. Nicht ein gutes Wort, nur harte Worte; Verachtung, das ist gut genug für mich!«

»Die andern sind weder besser noch schlechter als du. Leb wohl, Laura!«

Er reichte ihr die Hand, aber sie hielt die Hände auf dem Rücken und jammerte: »Nein, nein, nicht Lebewohl! nicht Lebe wohl!«

Mogens hob die Jalousie empor, trat ein paar Schritte zurück und ließ sie vor das Fenster fallen. Laura beugte sich schnell darunter über das Fensterbrett hinaus und bat: »Komm her zu mir und gib mir deine Hand.«

»Nein!«

Als er sich ein klein wenig entfernt hatte, rief sie klagend: »Lebe wohl, Mogens!«

Er wandte sich nach dem Hause um, mit einem leichten Gruß. Dann ging er weiter: »Und solch ein Mädchen glaubt noch an Liebe! – nein, das tut sie nicht.«

Draußen vom Meer her zog der Abendwind über das Land, und der Dünenhafer schwang seine bleichen Ähren und hob die spitzen Blätter ein wenig, der Röhricht neigte sich, der Dünensee ward von Tausenden von feinen Furchen verdunkelt, und die Blätter der Wasserrosen zerrten unruhig an ihren Stengeln. Dann fing das Heidekraut an, mit den dunklen Spitzen zu schlagen, und auf den Sandfeldern schwankte Sauerampfer haltlos hin und her. Landeinwärts! Die Hafergarben duckten sich, der junge Klee zitterte auf dem Stoppelfelde, und der Weizen ward hoch und niedrig in schweren Wogen, die Dächer ächzten, die Mühle krachte, die Flügel schwenkten sich herum, der Rauch schlug in die Schornsteine nieder, und die Fensterscheiben wurden betaut.

Es sauste in den Schallöchern, in den Pappeln des Edelhofes und pfiff in dem zerzausten Gestrüpp auf dem Bredbjerger Rasenhügel. Mogens lag dort oben und sah über die dunkle Erde hin. Der Mond war im Begriff, Glanz zu bekommen, die Nebel zogen dort unten auf der Wiese. Es war so traurig das ganze Leben, leer hinter ihm, dunkel vor ihm. Aber so *war* das Leben nun einmal. Die, die glücklich waren, waren auch blind. Er hatte vom Unglück gelernt zu sehen, alles war ungerecht und lügenhaft, die ganze Erde war *eine* große, rollende Lüge; Treue, Freundschaft, Barmherzigkeit, Lüge war es, Lüge samt und sonders; aber das, was man Liebe nannte, war doch das Hohlste vom Hohlen, Lust war es, flammende Lust, glimmende Lust, schwälende Lust, aber Lust und nie etwas andres. Warum brauchte er das zu wissen? Warum war es ihm nicht vergönnt worden, im Glauben an alle diese feuerfest vergoldeten Lügen zu beharren? Warum mußte er sehen und die andern blind sein? Er hatte ein Anrecht auf Blindheit, er hatte an alles geglaubt, woran man glauben konnte.

Unten im Dorf wurden die Lichter angezündet.

Da unten war Heim an Heim. Mein Heim! mein Heim! Und mein Kinderglaube an all das Schöne in der Welt! – Und wenn sie nun recht hätten, die andern! Wenn die Welt voll wäre von klopfenden Herzen und der Himmel voll von einem liebreichen Gott? Aber warum weiß ich denn *das* nicht, warum weiß ich etwas andres; und ich *weiß* etwas andres, so schneidend, bitter, wahr …

Er erhob sich, Feld und Wiese lagen im vollen Mondlicht vor ihm. Er ging hinunter in das Dorf, den Weg am Garten des Herrenhauses entlang und ging und sah über die steinerne Mauer. Drinnen auf einem Rasenplatz im Garten stand eine Silberpappel, das Mondlicht fiel scharf auf die zitternden Blätter, bald kehrten sie die dunkle Seite hervor, bald die weiße. Er legte die Ellenbogen auf die Mauer und starrte den Baum an, es sah so aus, als wenn die Blätter über die Zweige herabrieselten. Er glaubte, den Laut hören zu können, den das Laub hervorbrachte. Plötzlich ertönte ganz in der Nähe eine wunderschöne Frauenstimme:

»Du Blume im Tau!
Du Blume im Tau!
Von Träumen flüstre, den deinen.
Ist in ihnen dieselbe Luft,
Dieselbe seltsame Elfenlandsluft
Wie in meinen?

Und flüstert, seufzet und klagt es darein
Durch sterbenden Duft und schlummernden Schein,
Durch erwachenden Klang, durch sprossenden Sang.
In Sehnen
Leb ich, in Sehnen.«

Dann kehrte die Stille wieder. Mogens atmete tief auf und lauschte gespannt: kein Gesang; oben am Hause ging eine Tür. Jetzt hörte er deutlich den Laut der Silberpappelblätter. Er senkte den Kopf auf die Arme und weinte.

Der nächste Tag war einer von denen, an denen der Spätsommer so reich ist. Ein Tag mit frischem, kühligem Wind, mit vielen großen, schnelleilenden Wolken, mit ewigem Dunkelwerden und Hellwerden, je nachdem die Wolken an der Sonne vorübertrieben. Mogens war auf den Kirchhof hinaufgegangen, der Garten des Herrenhauses stieß daran. Es sah ziemlich kahl aus da oben, das Gras war kürzlich gemäht, hinter einem alten, viereckigen eisernen Gitter stand ein breiter, niedriger Holunderbusch und fächelte mit seinen Blättern; um einzelne Gräber waren hölzerne Rahmen, die meisten waren sonst nur niedrige, viereckige Hügel, einige hatten Blechaufsätze mit Inschriften, andre hölzerne Kreuze, von denen die Farbe abgeblättert war, andre hatten Wachskränze, der größte Teil hatte gar nichts.

Mogens ging umher und suchte nach einer Stelle, wo Schutz war, aber es schien auf allen Seiten der Kirche zu wehen. Er warf sich an den Erdwall hin und zog ein Buch aus der Tasche; aber es wurde doch nichts mit dem Lesen; jedesmal, wenn eine Wolke vor die Sonne trat, war es ihm, als würde es zu kalt, und er dachte daran aufzustehn, aber dann kam das Licht wieder und veranlaßte ihn liegen zu bleiben. Ein junges Mädchen kam langsam gegangen, ein Windspiel und ein Hühnerhund liefen spielend vor ihr her. Sie blieb stehn und schien sich setzen zu wollen, als sie aber Mogens gewahrte, setzte sie ihren Weg fort quer über den Kirchhof und durch die Pforte. Mogens erhob sich und sah ihr nach; sie ging da unten auf der Landstraße, die Hunde spielten noch. Dann begann Mogens die Inschrift auf einer der Grabstätten zu lesen, die machte ihn bald lächeln. Auf einmal kam da ein Schatten über das Grab und blieb liegen. Mogens sah zur Seite. Da stand ein junger, sonnenverbrannter Mann, die eine Hand in seiner Jagdtasche, in der andern eine Flinte.

»Sie ist gar nicht so närrisch,« sagte er und nickte nach der Inschrift hin.

»Nein,« sagte Mogens und erhob sich aus der gebeugten Stellung.

»Sagen Sie mir doch,« fuhr der Jägersmann fort und sah zur Seite, als suche er etwas, »Sie sind ein paar Tage hier gewesen, und ich bin umhergegangen und habe mich über Sie gewundert, habe aber bisher nicht in Ihre Nähe kommen können; Sie gehen so allein und beschäftigungslos umher, warum haben Sie nicht bei uns eingesehen? und womit in aller Welt verbringen Sie die Zeit? Denn Geschäfte haben Sie hier in der Gegend doch nicht?«

»Nein, ich halte mich hier zu meinem Vergnügen auf.«

»Ja, davon gibt es hier freilich viel,« rief der Fremde aus und lachte, »gehen Sie nicht auf Jagd? Haben Sie nicht Lust mit mir zu kommen? Ich muß doch in den Krug hinunter und etwas Schrot holen, und während Sie sich fertig machen, kann ich hinübergehn und den Schmied ausschelten. Nun! Sie gehen mit?«

»Ja, gern!«

»Aber das ist wahr – Thora? Haben Sie nicht ein junges Mädchen gesehen?« er sprang auf den Erdwall hinauf, »ja, da geht sie, das ist meine Cousine, ich kann Sie ihr nicht vorstellen, aber kommen Sie, lassen Sie uns ihr nachgehen, wir hatten gewettet, nun können Sie Richter sein; sie sollte mit den Hunden auf dem Kirchhof sein, und dann wollte ich mit Flinte und Jagdtasche vorübergehn und dürfte weder rufen noch pfeifen, und wenn die Hunde dann noch mit mir gingen, so hätte sie verloren; nun werden wir sehen.«

Nach einer Weile holten sie die Dame ein; der Jäger sah geradeaus, konnte aber nicht lassen zu lächeln, Mogens grüßte, indem sie vorübergingen. Die Hunde sahen dem Jäger erstaunt nach und knurrten leise, dann sahen sie zu der Dame auf und bellten, sie wollte sie streicheln, sie gingen aber gleichgültig von ihr und bellten hinter dem Jäger her; Schritt für Schritt entfernten sie sich weiter und weiter, schielten ihr nach und jagten dann auf einmal davon, dem Jäger nach, und wurden, als sie ihn erreicht hatten, ganz unbändig, indem sie an ihm in die Höhe sprangen und nach allen Seiten hinschossen und wieder zurückkamen.

»Verloren!« rief er ihr zu; sie nickte lächelnd, wandte sich um und ging.

Die Jagd dauerte bis spät in den Nachmittag hinein; Mogens und William kamen gut miteinander aus, und Mogens mußte versprechen, am Abend nach dem Herrenhause zu kommen; das tat er denn auch und kam dann fortan fast jeden Tag dahin, blieb aber trotz aller gastfreundlichen Anerbietungen im Krug wohnen.

Es wurde eine bewegte Zeit für Mogens. Im Anfang rief Thoras Nähe alle schweren und trüben Erinnerungen wieder ins Leben; oft mußte er plötzlich ein Gespräch mit andern anknüpfen oder seiner Wege gehen, damit seine Bewegung nicht völlig Gewalt über ihn bekam. Sie glich Kamilla gar nicht, und doch sah und hörte er nur Kamilla. Thora war klein, fein und schmächtig, leicht zum Lachen, leicht zu Tränen und leicht zu Begeisterung; sprach sie länger ernsthaft mit jemand, so war es nicht wie eine Annäherung, vielmehr als verschwinde sie ganz in sich selbst; erzählte oder entwickelte ihr jemand etwas, so drückte ihr Antlitz, ihre ganze Gestalt das innigste Zutrauen aus und hin und wieder wohl auch Erwartung. William und seine kleine Schwester behandelten sie nicht ganz als Kameraden, aber doch keineswegs als Fremde, der Onkel und die Tante, die Knechte, die Mägde und die Bauern der Umgegend, alle machten sie ihr den Hof, aber so vorsichtig und fast ängstlich; – sie waren ihr gegenüber fast wie der Wanderer im Walde, der dicht neben sich einen von diesen kleinen, niedlichen Singvögeln mit klaren, klugen Augen, mit leichten, liebreizenden Bewegungen erblickt; er ist so froh über dies kleine, lebende Wesen, möchte so gern, daß es näher und näher käme, wagt aber nicht, sich zu rühren, kaum Atem zu holen, damit es nicht bange werden und fortfliegen soll.

Als Mogens Thora häufiger und häufiger sah, kam die Erinnerung seltner und seltner, und jetzt fing er an, sie zu sehen, wie sie war. Es ward eine Zeit voll Frieden und Glück, wenn er bei ihr war, voll stiller Sehnsucht und stiller Wehmut, wenn er sie nicht sah. Später sprach er mit ihr von Kamilla und seinem verstoßnen Leben, und fast mit Staunen sah er auf sich selbst zurück, und bisweilen wurde es ihm fast unbegreiflich, daß er es war, der all das Wunderliche, wovon er erzählte, gedacht, gefühlt und getan hatte.

Eines Abends standen er und Thora oben auf einer Anhöhe im Garten und sahen dem Sonnenuntergange zu. William und seine kleine Schwester spielten Haschen rund um die Anhöhe herum. Da waren leichte, lichte Farben zu Tausenden, starke, strahlende zu Hunderten. Mogens wandte sich von ihnen ab und sah die dunkle Gestalt zu seiner Seite an: wie unansehnlich nahm sie sich doch aus gegen all diese glühende Pracht, er seufzte und sah wieder zu den farbenreichen Wolken empor. Es kam nicht wie ein wirklicher Gedanke dies, fern und flüchtig kam es, war eine Sekunde und verschwand, es war, als sei es das Auge, das dachte.

»Jetzt sind die Erdgeister im Rasenhügel froh, jetzt, wo die Sonne ganz untergegangen ist,« sagte Thora.

»So-o!«

»Ja, wissen Sie denn nicht, daß die Erdgeister das Dunkel lieben?«

Mogens lächelte.

»Ja, Sie glauben nun nicht an Erdgeister, aber das sollten Sie doch tun. Es ist so herrlich, an das alles zu glauben, an Berggeister und Elfen. Ich glaube auch an Meerfrauen und an Fliedermütterchen, aber Kobolde! Was soll man mit Kobolden und Höllenpferden? Die alte Maren wird böse darüber, wenn ich das sage; denn das, sagt sie, sei keine Gottesfurcht, das zu glauben, was ich glaube, so etwas gehe die Menschen nichts an, aber Ahnungen und Geister, die stünden auch im Evangelium, sagte sie. Aber was sagen Sie?«

»Ich? ja, ich weiß nicht, – wie meinen Sie eigentlich?«

»Sie lieben die Natur sicher nicht?«

»Doch, im Gegenteil!«

»Ja, ich meine nicht die Natur, so wie man sie von Aussichtsbänken sieht und von Hügeln, zu denen Treppen hinaufführen, wo sie feierlich angerichtet wird, sondern die Natur jeden Tag, immer. Lieben Sie die Natur so?«

»Ja gerade! Über jedes Blatt, jeden Zweig, jeden Lichtschimmer und jeden Schatten kann ich mich freuen. Da ist kein Hügel so kahl, keine Torfgrube so viereckig, keine Landstraße so langweilig, daß ich mich nicht einen Augenblick darin verlieben könnte.«

»Aber welch Vergnügen können Sie denn von einem Baum oder einem Busch haben, wenn Sie sich nicht vorstellen, daß ein lebendes Wesen darin wohnt, das die Blumen öffnet und schließt und die Blätter glättet? Wenn Sie einen See sehen, einen tiefen und klaren See, lieben Sie ihn dann nicht deshalb, weil Sie sich denken, daß tief, tief da unten Wesen wohnen, die ihre Freuden und ihre Leiden haben, ihr eigenes wunderliches Leben mit wunderlichem Sehnen, und was ist denn im Grunde an dem Bredbjerger Rasenhügel Schönes, wenn Sie sich nicht vorstellen, daß es da drinnen von winzig kleinen Gestalten wimmelt und summt, die seufzen, wenn die Sonne aufgeht, hingegen zu tanzen und mit ihren schönen Schätzen zu spielen beginnen, sobald der Abend kommt.«

»Wie wunderlich schön das ist! Und das sehen Sie?«

»Aber Sie?«

»Ja, ich kann es nicht erklären, aber es liegt in der Farbe, in der Bewegung und in der Form, die es hat, und dann in dem Leben, das darin ist, die Säfte, die in Bäumen und Blumen aufsteigen, die Sonne und der Regen, der sie wachsen macht, und der Sand, der zu Hügeln zusammenweht, und die Regenschauer, die die Abhänge furchen und zerklüften, ach! man kann es gar nicht verstehen, wenn ich es erklären soll!« »Und das ist Ihnen genug?«

»Ach, es ist manchmal zu viel! – Viel zu viel! Und wenn nun sowohl Form als Farbe und Bewegungen so anmutig sind und so leicht, und da hinter alledem eine seltsame Welt liegt, die lebt und jubelt und seufzt und sich sehnt, und die das alles sagen und singen kann, da fühlt man sich so verlassen, wenn man dieser Welt nicht näher kommen kann, und das Leben wird so matt und so schwer.«

»Nein! nein! so dürfen Sie nicht an Ihre Braut denken.«

»Ach, ich denke nicht an meine Braut.«

William und die Schwester kamen zu ihnen herauf, und sie gingen zusammen ins Haus.

Eines Vormittags, mehrere Tage später, lustwandelten Mogens und Thora im Garten. Mogens sollte das Weinhaus sehen, da war er noch nicht gewesen; es war ein ziemlich langes, aber nicht sehr hohes Treibhaus, die Sonne funkelte und spielte über das Glasdach hin. Sie traten ein, die Luft war warm und feucht und hatte einen eigenartig dumpfen und würzigen Geruch wie von frisch aufgeworfener Erde. Die schönen, gezackten Blätter und die schweren, tauigen Trauben, durchstrahlt, erleuchtet und beschienen von der Sonne, breiteten sich unter der Glasdecke in einer großen, grünen Seligkeit aus. Thora stand da und sah glücklich hinauf, Mogens war unruhig und starrte bald betrübt sie an, bald in das Laub hinauf.

»Wissen Sie!« sagte Thora fröhlich, »jetzt, glaube ich, fange ich an, das zu verstehn, was Sie neulich auf der Anhöhe von Form und Farbe sagten.«

»Verstehn Sie nichts weiter?« fragte Mogens leise und ernsthaft.

»Nein,« flüsterte sie, sah ihn schnell an, senkte den Blick und errötete, »damals nicht.«

»Damals!« wiederholte Mogens sanft und kniete vor ihr nieder: »aber jetzt, Thora?«

Sie beugte sich zu ihm hinab, reichte ihm die eine Hand und hielt die andre vor die Augen und weinte. Mogens preßte die Hand gegen seine Brust, indem er sich aufrichtete, sie hob den Kopf, und er küßte sie auf die Stirn. Sie sah zu ihm auf mit strahlenden, feuchten Augen, lächelte und flüsterte: »Gott sei Dank!«

Mogens blieb noch eine Woche; die Verabredung war so, daß die Hochzeit im Hochsommer stattfinden sollte. Dann reiste er ab, und dann kam der Winter mit dunklen Tagen, langen Nächten und einem Schneegestöber von Briefen.

Licht in allen Fenstern des Herrenhauses, Laub und Blumen über allen Türen, geschmückte Freunde und Bekannte in dichtem Gewimmel auf der großen steinernen Treppe, alle hinausstarrend in die Dämmerung. – Mogens war mit seiner jungen Frau davongefahren.

Der Wagen rummelte und rummelte. Die geschloßnen Fenster klirrten, Thora saß da und sah zu dem einen hinaus, auf den Landstraßengraben, auf den Schmiedehügel, wo im Frühling die Primeln blühten, auf Bertel Nielsens große Holunderbüsche, auf die Mühle und die Gänse des Müllers, auf den Dalumer Hügel, den sie und William vor noch gar nicht vielen Jahren im Schlitten hinabgefahren waren, auf die Dalumer Wiese, auf die langen, unnatürlichen Schatten der Pferde, die über die Kieshaufen hinjagten, über die Torflöcher und das Roggenfeld. Sie saß da und weinte ganz leise; von Zeit zu Zeit, wenn sie den Tau von der Fensterscheibe abtrocknete, sah sie verstohlen zu Mogens hinüber. Er saß vornüber gebeugt, sein Reisemantel stand offen, der Hut lag auf dem Rücksitz und schaukelte, die Hände hielt er vor dem Gesicht. Alles das, woran er dachte! Dies war ein wunderlicher Tag gewesen für ihn, und der Abschied hatte ihm fast ganz den Mut genommen. Da hatte sie allen ihren Freunden und Verwandten Lebewohl sagen müssen und einer Unendlichkeit von Stätten, wo Andenken und Erinnerungen eine über die andre lagen, bis ganz zum Himmel hinauf, und das alles, um mit ihm zu reisen. Und er war ein Mann, dem man sich zuversichtlich hingeben konnte, er mit seiner Vergangenheit von Roheiten und Ausschweifungen! Es war nicht so ganz sicher, daß es nur die Vergangenheit war; wohl war er verändert, und es wurde ihm schwer zu verstehen, was er selbst gewesen war, aber man entrann sich selbst niemals so ganz, es war da sicher noch alles, und hier hatte er nun dies unschuldige Kind bekommen, zu behüten und zu bewachen, Gott sei Dank! er hatte sich selbst ja bis über den Kopf in den Dreck hineingearbeitet, es würde ihm auch wohl gelingen, sie mit dahinein zu bekommen. Nein! – nein, sie sollte nicht – nein, sie sollte ihr lichtes, leichtes Mädchenleben weiterleben, trotz seiner. Und der Wagen rummelte und rummelte, die Dunkelheit war hereingebrochen, und hin und wieder sah er durch die dicht beschlagnen Fenster die Lichter in den Geschäften und Häusern, an denen sie vorüberfuhren. Thora schlummerte. Gegen Morgen kamen sie nach dem neuen Heim, einem Gut, das Mogens gekauft hatte. Die Pferde dampften in der kalten Morgenluft, die Spatzen zwitscherten in den großen Lindenbäumen auf dem Hofplatz, und der Rauch wand sich langsam aus den Schornsteinen hinaus. Thora sah das alles lächelnd und zufrieden an, als ihr Mogens herausgeholfen hatte, aber es half nicht, sie war schläfrig und zu müde, um es verbergen zu können. Mogens geleitete sie auf ihr Zimmer und ging dann selbst in den Garten hinab, setzte sich auf eine Bank und glaubte, er betrachte den Sonnenaufgang, aber er nickte zu stark, um sich in dem Glauben erhalten zu können. Um die Mittagszeit begegneten er und Thora sich jedoch wieder, fröhlich und frisch, und es ward ein Umherzeigen und ein in Erstaunen Versinken, und es wurde geratschlagt; und man traf Bestimmungen und machte die törichtsten Vorschläge, die einstimmig für praktisch erklärt wurden, und wie sich Thora anstrengte, um klug und interessiert auszusehen, als ihr die Kühe vorgestellt wurden, und wie schwer es hielt, nicht allzu unpraktisch entzückt über den kleinen zottligen jungen Hund zu sein; und Mogens, wie redete er nicht über Drainage und Kornpreise, während er dastand und darüber nachdachte, wie wohl Thora mit den roten Mohnblumen im Haar aussehen würde!

Und dann am Abend, als sie in ihrem Gartenzimmer saßen und der Mond die Fenster so leibhaftig auf dem Fußboden abzeichnete, was war es da nicht für eine Komödie seinerseits, als er ihr ernsthaft vorstellte, daß sie zur Ruhe gehen, wirklich zur Ruhe gehen solle, da sie müde sein müsse, während er fortfuhr, ihre Hand in der seinen zu halten, und ihrerseits, als sie dann erklärte, er sei garstig und wolle sie los sein, er bereue es, daß er sich eine Frau genommen habe, und dann folgte natürlich eine Versöhnung, und dann lachten sie, und so wurde die Uhr viel. Endlich ging dann Thora in ihr Zimmer, aber Mogens blieb in der Gartenstube sitzen, ganz unglücklich darüber, daß sie gegangen war, und dann malte er sich in schwarzen Phantasien aus, daß sie tot und weg sei und daß er hier ganz allein auf der Welt säße und über sie weine, und dann weinte er wirklich, schließlich ärgerte er sich über sich selbst, stolzierte im Zimmer auf und nieder und wollte vernünftig sein. Es gab eine Liebe, rein und edel, ohne jegliche grobe irdische Leidenschaftlichkeit, ja, die gab es, und gab es sie nicht, so sollte sie kommen, ja, Leidenschaft verdarb alles, und sie war so häßlich, so unmenschlich, wie er alles das in der Menschennatur haßte, was nicht zart und rein, fein und leicht war! Er war unterjocht, bedrückt, geplagt gewesen von diesem Häßlichen und Starren, es war in seinen Augen und seinen Ohren gewesen, hatte alle seine Gedanken verpestet. Er ging in sein Zimmer. Er wollte lesen und nahm ein Buch, er las, ahnte aber nicht was, – ihr sollte doch nichts zugestoßen sein! nein, wie sollte das wohl? Er wurde aber trotzdem bange, es konnte ja doch sein, – nein, er konnte es nicht aushalten; er schlich leise an ihre Tür; nein, da war es so still und friedlich; wenn er angestrengt lauschte, war es ihm, als könne er ihre Atemzüge hören, – wie sein Herz pochte, es war ihm, als könne er auch das hören. Er kehrte zurück in sein Zimmer und zu seinem Buch. Er schloß die Augen: wie deutlich er sie sah, er konnte ihre Stimme hören, sie beugte sich zu ihm hinüber und flüsterte, – wie er sie liebte, sie liebte, sie liebte! Es sang inwendig in ihm, es war, als formten sich seine Gedanken zu Rhythmen, und so deutlich, wie er alles sehen konnte, woran er dachte! Still, still lag sie nun da und schlief, den Arm unter dem Nacken, das Haar aufgelöst, das Auge war geschlossen, sie atmete so leicht, – die Luft zitterte da drinnen, sie war rot wie ein Widerschein von Rosen – wie ein plumper Faun, der den Tanz der Nymphen nachahmt, so gab die Bettdecke in plumpen Falten ihre feine Gestalt wieder – nein, nein! er wollte nicht an sie denken, nicht so an sie denken, nicht um alles in der Welt, nein, und da kam es alles wieder, es war nicht wegzuhalten, aber es sollte weg, weg! Und es kam und ging, kam und ging, bis der Schlaf kam und die Nacht ging. Als die Sonne am Abend des nächsten Tages untergegangen war, lustwandelten sie zusammen im Garten umher. Arm in Arm gingen sie ganz langsam und ganz stumm den einen Gang hinauf und den andern hinab, heraus aus Resedaduft, durch Rosenduft hinein in den Duft von Jasmin; einzelne Nachtschwärmer flogen schwirrend vorüber, draußen im Korn schrie die Perlente, sonst kam das meiste Geräusch von Thoras seidnem Kleide.

»Wie wir schweigen können!« rief Thora aus.

»Und wie wir gehen können!« fuhr Mogens fort, »wir sind jetzt gewiß eine Meile gegangen.«

Dann gingen sie noch eine Zeitlang und schwiegen.

»Woran denkst du?« fragte sie.

»Ich denke an mich selbst.«

»Das ist genau dasselbe, was ich tue.«

»Denkst du auch an dich selbst?«

»Nein – an dich selbst – an dich, Mogens.«

Er zog sie fester an sich. Sie gingen nach dem Gartenzimmer hinauf; die Tür stand offen; es war sehr hell da drinnen, und der Tisch mit dem schneeweißen Tischtuch, der silbernen Schale mit dunkelroten Erdbeeren, der blitzenden silbernen Kanne und den Armleuchtern machte einen ganz festlichen Eindruck.

»Es ist wie in dem Märchen, wo Hänsel und Gretel an das Pfefferkuchenhäuschen draußen im Walde kommen,« sagte Thora.

»Willst du hinein?«

»Du vergißt wohl, daß da drinnen eine Hexe ist, die uns arme kleine Kinder braten und aufessen will. Nein, es ist viel besser, wir widerstehen den Zuckerfenstern und dem Pfannkuchendach und fassen uns bei den Händen und gehn hinaus in den schwarzen, schwarzen Wald.«

Sie entfernten sich von dem Gartenzimmer. Sie schmiegte sich dicht an Mogens und fuhr fort: »Es kann auch der Palast des Großtürken sein, und du bist der Araber draußen aus der Wüste, der mich entführen will, und die Wache ist hinter uns drein, es blitzt von krummen Säbeln, und wir laufen und laufen, aber sie haben dein Pferd genommen, und dann nehmen sie uns mit und stecken uns in einen großen Sack, und da sitzen wir zusammen und werden im Meer ertränkt. – Warte mal, was kann es sonst noch sein ...?«

»Warum darf es nicht sein, was es ist?«

»Ja, das darf es gern, aber das ist zu wenig ... Wenn du wüßtest, wie ich dich liebe, aber ich bin so unglücklich – ich weiß nicht, was es ist – da ist ein so großer Zwischenraum zwischen uns – nein –«

Sie schlang die Arme um seinen Hals und küßte ihn heftig und preßte ihre brennende Wange gegen die seine: »Ich verstehe es nicht, aber manchmal bin ich nahe daran, zu wünschen, du wolltest mich schlagen – ich weiß, daß es kindisch ist und daß ich so glücklich bin, so glücklich, aber ich bin trotzdem so unglücklich!«

Sie legte den Kopf an seine Brust und weinte, und dann fing sie an, während die Tränen noch rannen, erst ganz leise, aber dann lauter und lauter zu trällern:

>»In Sehnen,
>Leb ich, in Sehnen!«

»Mein süßes, kleines Weib!« Und er hob sie auf seine Arme und trug sie hinein.

Am Morgen stand er an ihrem Bett. Das Licht kam ruhig und gedämpft durch die herabgelassenen Vorhänge, und alle Linien da drinnen machte es still, alle Farben gesättigt und friedfertig. Es war Mogens, als ob die Luft mit ihrem Busen in leisen Dünungen stieg und sank. Ihr Kopf ruhte ein wenig schief auf dem Kissen, das Haar fiel über die weiße Stirn, die eine Wange hatte eine stärkere Röte als die andre, dann und wann zitterte es leise in den ruhig gewölbten Lidern, die Linien des Mundes wiegten sich unmerklich hin und her zwischen unbewußtem Ernst und schlummerndem Lächeln. Mogens stand lange da und sah sie an, glücklich und ruhig, der letzte von den Schatten aus seiner Vergangenheit war geschwunden. Dann schlich er leise hinaus und setzte sich in das Wohnzimmer und wartete ruhig auf sie. Er hatte eine Weile gesessen, als er ihren Kopf auf seiner Schulter fühlte, und ihre Wange an der seinen.

Sie gingen zusammen in den frischen Morgen hinaus. Das Sonnenlicht jubelte über die Erde hin, der Tau funkelte, früh erwachte Blumen strahlten, die Lerche zwitscherte laut hoch oben unter dem Himmel, die Schwalben jagten durch die Luft. Er und sie gingen dahin über den grünen Anger nach dem Hügel mit dem reifenden Roggen, sie folgten dem Pfad, der da hinüberführte; sie ging voran, ganz langsam, und sah über die Schulter zurück nach ihm, und sie sprachen und lachten. Je weiter sie den Hügel hinabkamen, je mehr drängte sich das Korn dazwischen, bald konnten sie nicht mehr gesehen werden.

Ein Schuß in den Nebel

Das kleine grüne Zimmer auf Stavnede war offenbar im Grunde dazu eingerichtet, als Durchgang zu der übrigen Zimmerflucht zu dienen. Auf alle Fälle luden die Stühle mit den niedrigen Lehnen, die längs der perlgrauen Täfelung aufgestellt waren, nicht zu längerem Verweilen ein. In der Mitte der Wand saß ein Hirschgeweih, es krönte eine helle Stelle, deren Form deutlich verriet, daß ein ovaler Spiegel hier einmal seinen Platz gehabt hatte. Die eine von den Zacken trug einen breitrandigen Damenstrohhut mit langen celadongrünen Bändern. In der Ecke rechts standen eine Vogelflinte und eine dürftige Kalla, in der andern ein Bündel Angelruten, und in eine von den Schnüren war ein paar Handschuhe eingeknüpft. Mitten im Zimmer stand ein kleiner runder Tisch mit vergoldetem Fuß; ein großer Strauß Farnkräuter lag auf der schwarzen Marmorplatte.

Es war spät am Vormittage. In einem großen und goldenen Schwaden strich das Sonnenlicht durch eine der obersten Fensterscheiben und fiel mitten zwischen die Farnkräuter hinab; einige davon waren üppig grün, die meisten waren welk, nicht trocken und zusammengeschrumpft, sie hatten ganz ihre Form, aber die grüne Farbe war einer Unendlichkeit von gelben und braunen Schattierungen gewichen, von dem zartesten Weißgelb bis zu dem kräftigsten Rotbraun.

Am Fenster saß ein Mann von ungefähr fünfundzwanzig Jahren und starrte auf die lustigen Farben. Die Tür zu dem Nebenzimmer stand weit offen, und an dem Klavier da drinnen saß eine große junge Dame und spielte. Das Klavier stand dicht an dem offenen Fenster, und das Fensterbrett war so niedrig, daß sie auf den Rasenplatz und den Weg hinaussehen konnte, wo ein junger Mann in reichlich stilvollem Reitanzug beschäftigt war, einen Schimmel zuzureiten. Der Reiter war ihr Verlobter, Niels Bryde hieß er; sie war die Tochter des Hauses. Der Schimmel da draußen gehörte ihr, und es war ein Vetter von ihr, der da drinnen im Vorzimmer saß, ein Sohn von ihres Vaters Bruder, Gutsbesitzer Lind auf Begtrup, der arm und verschuldet gestorben war und von dem zu seinen Lebzeiten nie ein gutes Wort gesagt worden war, was er übrigens auch nicht verdiente. Des Sohnes Henning hatte sich Lind auf Stavnede angenommen und ihn auf seine Kosten erzogen, jedoch nur so einigermaßen, denn obwohl Henning gut begabt war und viel Lust zum Studieren hatte, wurde er doch aus der Lateinschule genommen, sobald er glücklich konfirmiert war, und kam dann zurück nach Stavnede, um die Landwirtschaft zu erlernen. Jetzt war er eine Art Verwalter auf dem Gut, hatte aber keine rechte Autorität, da der alte Lind sich nicht enthalten konnte, überall mit dreinzureden.

Seine Stellung war überhaupt sehr unangenehm. Das Gut war in schlechter Verfassung, und es konnte nichts getan werden, um es aufzubessern, da es an Kapital fehlte. Es konnte gar keine Rede davon sein, Schritt zu halten, nicht mit der Zeit, aber auch nicht einmal mit den Nachbarn. Alles mußte gehen, wie es, Gott weiß wie lange, gegangen war: so viel wie möglich für so wenig wie möglich. In schlechten Jahren mußte dann auch Ackerland verkauft werden, damit man doch bares Geld zu sehen bekam. Es war überhaupt ein äußerst trübseliger Betrieb für einen jungen Mann, um seine Zeit und seine Kräfte dafür einzusetzen; hierzu kam noch, daß der alte Lind sehr heftig und wenig umgänglich war, und da er Henning die erwähnten Wohltaten erwiesen hatte, glaubte er, ihm keinerlei Rücksichten schuldig zu sein. So entblödete er sich nicht, wenn er heftig wurde, ihn hören zu lassen, was für ein verhungerter Junge er gewesen sei, als er sich seiner annahm, und wurde er wirklich böse, so ging er sogar so weit, daß er mit allerdings wahrheitsgemäßen, aber auch höchst schonungslosen Andeutungen auf das Treiben seines Vaters kam.

Ein unverheirateter Oheim unten im Schleswigschen, der einen ausgedehnten Holzhandel betrieb, hatte mehrmals versucht, Henning zu sich hinzunehmen, und der hätte auch das Leben auf Stavnede schon längst verlaufen, wenn er nicht so verliebt in die Tochter gewesen wäre, daß er sich nicht die Möglichkeit denken konnte, an einem andern Ort zu leben wie sie. Es war indessen keine glückliche Liebe. Agathe konnte ihn gut leiden, sie hatten als Kinder zusammen gespielt, gewissermaßen auch als Erwachsene; aber als er eines Tags, es war jetzt ein Jahr her, sich ihr erklärt hatte, war sie sowohl böse als auch erstaunt geworden und hatte ihm gesagt, daß sie dies für einen unüberlegten Scherz halte und daß sie hoffe, er werde ihr keine Veranlassung geben, dies als eine fixe

Wahnidee zu betrachten, indem er jemals wieder auf etwas Ähnliches anspiele.

Die Sache war nämlich die, daß die entwürdigende Behandlung, der sie ihn beständig ausgesetzt sah und die er sich gefallen ließ, freilich aus Rücksicht auf seine Liebe zu ihr, ihn wirklich in ihren Augen herabgesetzt hatte, so daß sie ihn als zu einer niedrigeren Klasse als ihre eigene gehörend betrachtete, nicht niedriger in Rang oder weil er arm war, sondern niedriger in Gefühl, niedriger in Ehrbegriff.

Sodann kam einige Zeit darauf die Verlobung mit Bryde.

Was hatte Henning nicht in dem Vierteljahr gelitten, seit sich das ereignet hatte! Und doch blieb er; er konnte den Gedanken nicht aufgeben, sie zu gewinnen, er hoffte, es müsse irgend etwas geschehen, ja er hoffte eigentlich kaum, er phantasierte von merkwürdigen Begebenheiten, die eintreten und der Verbindung ein Ende machen würden, aber er erwartete nicht, daß seine Phantasien zu Wirklichkeit werden würden, er bedurfte ihrer als Vorwand, um zu bleiben.

»Agathe!« rief der Reiter da draußen und hielt sein Pferd vor dem offenen Fenster an, »du siehst ja gar nicht nach uns hin, und nun machen wir unsere Sache doch so hübsch!«

Agathe wandte den Kopf nach dem Fenster um, nickte ihm zu und sagte, während sie fortfuhr zu spielen: »Wohl sehe ich nach euch hin, ihr wäret ja da drüben bei dem Schneeballenbusch beinahe gefallen«; und sie spielte einige schnelle Läufe oben im Diskant.

»Geht jetzt! – Hüh!« und sie ging in eine lärmende Galoppade über. Aber der Reiter hielt noch immer.

»Nun?«

»Sag mal, willst du den ganzen Vormittag da am Klavier sitzen bleiben?«

»Ja.«

»Hm, dann glaube ich, versuchen wir es einmal – ja, wir können doch wohl nach Hagestedgaard hinüberreiten und zu Tisch wieder hier sein?«

»Ja, wenn ihr euch beeilt. Adieu, dicker Bläß, adieu, Niels!«

Und dann ritt er, sie schloß das Fenster und spielte weiter, hörte aber bald auf; es war doch viel amüsanter zu spielen, wenn er da draußen ritt und ungeduldig war.

Henning saß da und sah dem Fortreitenden nach. Wie er diesen Menschen haßte; wäre er nur nicht gewesen ... und sie paßten gar nicht zueinander; wollte da doch nur eine kleine Uneinigkeit kommen, so daß sie einander so recht zeigen konnten, wie sie wirklich waren ...

Agathe kam in das grüne Zimmer, das Motiv der Nocturne summend, die sie soeben gespielt hatte, sie trat an den kleinen Tisch und begann den Farnenstrauß zu ordnen. Das Sonnenlicht fiel auf ihre Hände, sie waren groß und weiß, wunderschön geformt. Henning war immer bezaubert von diesen schönen Händen, und heute trug sie sehr weite Ärmel, so daß man den runden Arm bis an den Ellbogen hinauf sah; sie waren so üppig, diese Hände, mit ihrer rundlichen Weichheit, der blendenden Weiße und den kräftigen Formen; und dann das feine, wechselnde Muskelspiel, die anmutigen Bewegungen – da war eine so allerliebste, wogende Bewegung, wenn sie über ihr Haar hinstrichen. Wie oft hatten sie ihm nicht leid getan, wenn sie über die dummen Tasten springen und sich strecken mußten, dazu eigneten sie sich gar nicht, sie sollten still im Schoß eines dunkeln seidenen Kleides liegen, mit großen Ringen geschmückt wie nackte Haremfrauen.

Wie sie dastand, langsam die Farnen ordnend, lag in ihrem Antlitz ein Ausdruck gleichgültigen Glücks, der Henning reizte. Warum mußte das Leben für sie so hell und leicht sein, die ihm jeden Schimmer von Licht geraubt hatte? Wenn er sie aus dieser lichten Ruhe aufscheuchte, wenn er einen kleinen Schatten über ihren Weg jagte! Sie hatte seine Liebe in den Staub geworfen vor seine Füße und war darüber hinweggeschritten, als sei sie ein lebloses Ding, als sei es nicht eine Menschenseele, die sehnsuchtsvoll und krank nach Glück in dieser Liebe sich krümmte und ächzte ...

»Jetzt kann er bald in Borreby sein«, sagte er und sah zum Fenster hinaus.

»Nein, er wollte nach Hagestedgaard«, erwiderte sie.

»Nun, ja, das andre ist ja nicht sehr aus dem Wege.«

»Wie? es liegt ja gar nicht auf seinem Wege.«

»Nein, das tut es ja eigentlich auch nicht – verkehrt er da noch immer so viel?«

»Wo?«

»In Borreby natürlich, bei dem Holzwärter!«

»Das weiß ich wirklich nicht, was sollte er dort wohl suchen?«

»Ach, es ist wohl nur Gerede der Leute, – du weißt, sie haben die schöne Tochter.«

»Nun, und?«

»Ja, Herr Gott! Alle Männer sind doch nicht Mönche.«

»Sagt man so etwas?«

»Ach was, irgend etwas wird ja von allen Menschen gesagt, aber er könnte ja gern ein wenig vorsichtiger sein.«

»Aber was sagt man denn? Was sagt man?«

»Ach, Zusammenkünfte und ... das Gewöhnliche!«

»Du lügst, Henning! Das sagt kein Mensch, das ist etwas, was du dir allein ausdenkst.«

»Warum fragst du denn? – Welch Vergnügen sollte ich übrigens davon haben, herumzugehen und den Leuten zu erzählen, was für Glück er bei den Mädchen in Borreby macht!«

Sie ließ die Farnen liegen und ging zu ihm hin. »Für so gemein hätte ich dich doch nicht gehalten, Henning!« sagte sie.

»Ja, Liebste, ich kann es so gut verstehen, daß es dich empört, es muß ja auch unangenehm für dich sein, daß er sich nicht so viel Zwang antun kann – wenigstens jetzt.«

»Pfui, Henning! das ist niedrig und unwürdig von dir, aber ich glaube deine Lügen nicht.«

»Ja, ich sage es ja doch nicht,« sagte er und sah vor sich nieder, »ich habe sie sich nicht küssen sehen.«

Agathe beugte sich zu ihm hinüber und schlug ihn verächtlich auf die Wange.

Er wurde leichenblaß und sah sie mit einem Blick an, der halb der eines kranken Hundes und nur halb der eines gekränkten Mannes war. Agathe barg ihr Antlitz in den Händen und ging auf die geöffnete Tür zu. Dort blieb sie eine kleine Weile stehen und stützte sich, als sei ihr schwindlig, dann sah sie über die Schulter zu ihm hin und sagte kalt und ruhig: »Henning, ich will dir nur sagen, ich bereue nicht, was ich getan habe.«

Dann ging sie.

Henning saß lange wie betäubt da, dann schwankte er auf sein Zimmer hinauf und warf sich auf sein Bett. Es ekelte ihm vor ihm selber. Jetzt war alles aus – das Klügste, was er tun konnte, war, daß er sich eine Kugel vor den Kopf schoß; leben – sich durch das ganze Leben zu schleichen mit schielendem Blick wie ein mit Füßen getretener Hund? – Nein! – Sie hatte ihn durch ihren Schlag mit dem Abzeichen des Sklaven gestempelt, und sie hatte recht, da war nichts anderes zu tun, einer solchen Gemeinheit gegenüber. Wie hatte er sie nicht geliebt! – brennend wahnsinnig; aber nicht wie ein Mann, wie ein Hund, im Staub zu ihren Füßen wie vor einem Götterbild. Sie standen im Garten, sie schnitt ihren Namen in einen Baum, der Wind spielte mit ihrem Haar, er küßte verstohlen eine der flatternden Locken und war glücklich in den Tagen darauf; nein, seine Liebe hatte niemals männlichen Mut oder freudige Hoffnung gehabt, er war ein Sklave in allem, in seiner Liebe, seiner Hoffnung, seinem Haß. – Warum hatte sie nicht geglaubt, was er erzählte, sondern blind auf Niels vertraut? Er hatte ihr nie etwas vorgelogen, dies war die erste niedere Handlung, die er je begangen hatte, und sie hatte das sofort gesehen! Das war, weil sie ihm nie etwas anderes zugetraut hatte, als was niedrig und gemein war. Sie hatte ihn niemals verstanden, und um ihretwillen hatte er dies lange, kümmerliche Leben auf Stavnede ertragen, wo jeder Bissen Brot, den er in den Mund gesteckt hatte, ihm verbittert worden war durch die Erinnerung, daß es ein Geschenk war. Er konnte rasend werden bei dem Gedanken. Wie er sich selbst haßte um seiner wahnwitzigen Geduld, seines demütigen Hoffens willen. Er hätte sie morden können um das, wozu sie ihn gemacht hatte, und er *wollte* sich rächen, sie sollte ihm die langen Jahre der Erniedrigung, die Tausende von qualvollen Stunden bezahlen. Rache für seine verlorene Selbstachtung, Rache für seine sklavische Liebe und für den Schlag auf die Wange.

So wiegte er sich jetzt in Racheträumen wie ehedem in Träumen von Liebe, und er erschoß sich nicht, er reiste auch nicht weg.

Eines Vormittags, zwei oder drei Tage später, stand Henning unten auf dem Hofe mit Flinte und Jagdtasche. Wie er dastand, kam Niels Bryde geritten, ebenfalls für die Jagd ausgerüstet, und obwohl beide einander jetzt äußerst wenig schätzten, sprachen sie doch freundlich zusammen und schienen ganz besonders entzückt darüber, daß es sich so glücklich traf, daß sie den Jagdausflug gemeinsam machen konnten. Sie gingen dann zusammen nach der »Rönne«, einer ziemlich großen, heidebewachsenen, niedrigen und flachen Insel draußen in der Fjordmündung. Die »Rönne« war im Herbst viel von Seehunden besucht, die sich auf den niedrigen, vom Strande hinauslaufenden Sandbänken tummelten, oder auf den großen, platten Steinen schliefen, die am Strande lagen. Und diesen Seehunden galt die Jagd. Als sie den Ort erreicht hatten, ging jeder seiner Wege, am Wasser entlang. Das graue, nebelige Wetter hatte viele Seehunde hereingelockt, und sie hörten einander häufig schießen. Allmählich nahm der Nebel zu, und um die Mittagszeit lag er so dick und dicht über Insel und Fjord, daß es nicht möglich war, auf zwanzig Schritt Abstand Steine und Seehunde voneinander zu unterscheiden.

Henning setzte sich unten an den Strand und starrte in den Nebel hinein. Es war ganz still, nur ein leises, plätscherndes Geräusch von dem Wasser und das ängstliche Pfeifen eines einsamen Strandläufers tauchten dann und wann aus dem schweren, drückenden Schweigen auf.

Er war müde von allen diesen Gedanken, müde vom Hoffen, müde vom Hassen, krank vom Träumen. Ganz stillsitzen und schläfrig vor sich hinstarren, sich die Welt als etwas vorzustellen, das weit fort in der Ferne lag, als etwas, das überstanden war, hier ganz stillzusitzen und die Stunden eine nach der andern sterben zu lassen, das war Friede, das war beinahe Seligkeit. Da ertönte ein Lied durch den Nebel, fröhlich, jubelnd:

>>Zum Maitag führe ich heim die Maid,
Die Rosenblüte im Lilienkleid.
Spielt, Spielleute, spielt!
Am Hute des Waldes das Grün uns dann lacht,
Es schmücke die Au ihre Brust,
Und hell der Mond uns erleuchte die Nacht,
Die Sonne, die tanze vor Lust.
Der Kuckuck soll rufen und Glück prophezein,
Der Buchfink soll pfeifen, und froh soll er sein,
Doch heim soll die Sorge sich halten!<<

Es war Niels Brydes klare Stimme. Henning sprang auf; wie der Blitz schlug der Haß in ihn ein, seine Augen brannten, er lachte heiser, dann legte er die Flinte an die Wange.

>>Doch heim soll die Sorge sich halten!<<

ertönte es wieder; er zielte dem Ton nach in den Nebel hinein, die letzten Worte erstarben im Knall – dann war alles still wie zuvor.

Henning mußte sich auf die rauchende Flinte stützen, er hielt den Atem an, um zu horchen – nein, Gott sei Dank! Das war nur das Plätschern des Wassers und der ferne Schrei aufgescheuchter Möven. – Ja! es wimmerte da drinnen im Nebel. Er warf sich auf die Erde nieder, preßte das Gesicht in das Heidekraut und hielt sich die Ohren zu. Deutlich sah er das verzerrte Gesicht, die krampfhaften Zuckungen der Glieder und das rote Blut, das unaufhaltsam aus der Brust quoll, Strom auf Strom, durch jeden Herzschlag hervorgetrieben – auf den braunen Heidebüschel niederfallen, an Zweigen und Stämmen herabrieseln und dann zwischen den schwarzen Wurzeln wegsickern.

Er erhob den Kopf und lauschte: es wimmerte noch immer, aber er hatte nicht den Mut, dahin zu gehen, nein, nein! er zerrte mit seinen Zähnen in dem Heidekraut, wühlte mit den Händen in dem lockern Boden, wie um ein Versteck zu suchen, wälzte sich wie ein

Wahnsinniger hin und her, aber noch immer war es da drinnen nicht vorbei, noch immer hörte er es klagen.

Endlich verstummte es. Er lag lange und lauschte, dann kroch er langsam auf allen Vieren in den Nebel hinein. Es währte lange, ehe er etwas sehen konnte, dann fand er ihn schließlich am Fuße eines kleinen Erdhügels. Er war tot wie ein Stein; der Schuß hatte ihn gerade in die Herzgrube getroffen.

Henning nahm die Leiche in die Arme und trug sie quer über die Rönne in das Boot hinein, mit dem sie herübergekommen waren, dann nahm er die Ruder und ruderte an Land. Von dem Augenblick an, wo er die Leiche gesehen, hatte seine Erregung sich gelegt, und eine stille, dumpfe Wehmut war an ihre Stelle getreten. Er dachte an die Vergänglichkeit des Lebens und daran, wie er sie zu Hause schonend vorbereiten wollte.

Als er an Land gekommen war, ging er nach einem Bauernhof, um ein Fuhrwerk zu beschaffen. Der Mann fragte, wie das Unglück geschehen sei. Der Bericht bildete sich fast wie von selbst auf Hennings Lippen: Bryde war da draußen auf der Westseite mit der Flinte in der Hand über einen Erdhügel gekrochen, der Hahn hatte wahrscheinlich auf halb gestanden, es mußte sich etwas darin verfangen haben, und der Schuß war losgegangen. Henning konnte an dem Schuß hören, daß sie nahe beieinander waren, und hatte Bryde angerufen; als er keine Antwort erhielt, wurde er unruhig und ging dem Knall nach, da fand er ihn gerade unterhalb des Erdhügels liegen, aber da war er bereits tot.

Er erzählte das Ganze ruhig in einem gedämpften, betrübten Ton und hatte gar keine Empfindung von Schuld, während er es erzählte; aber als sie die Leiche in den Wagen gelegt hatten und sie in das Stroh sank, fiel der Kopf auf die Seite und schlug mit einem schwachen Bums gegen den Wagenkasten: – da wäre Henning fast ohnmächtig geworden, und er war ganz herzkrank, während sie die Leiche über Borup nach Hagestedgaard fuhren.

Sein erster Gedanke, nachdem er die Leiche abgeliefert hatte, war, davonzulaufen, und nur mit der allergrößten Selbstüberwindung zwang er sich zu bleiben, bis das Begräbnis vorüber war. Es lag in dieser Wartezeit eine fieberhafte Unruhe äußerlich über ihm, und etwas seltsam Schreckhaftes in seinen Gedanken, das bewirkte, daß sie an nichts Bestimmtem festhalten konnten, sondern von dem einen zu dem andern schweiften. Dieses ihr rastloses Wirbeln und Kreisen, dem er nicht Einhalt zu gebieten vermochte, war nahe daran, ihn wahnsinnig zu machen, und wenn er allein war, fing er an zu zählen, oder er summte eine Melodie vor sich hin und schlug den Takt mit dem Fuß, um auf diese Weise gleichsam die Gedanken zu fesseln und zu verhindern, daß er in ihren entsetzlichen, ermattenden Rundtanz hineingewirbelt wurde.

Endlich kam denn das Begräbnis.

Am Tage darauf war Henning auf dem Wege zu seinem Onkel, dem Holzhändler, um ihn zu bitten, er möge ihm eine Anstellung in seinem Geschäft geben. Er traf den Onkel in einer sehr niedergeschlagenen Gemütsstimmung. Seine alte Haushälterin war nämlich vor einem Monat gestorben, und er hatte in diesen Tagen seinen Geschäftsführer wegen Veruntreuung verabschieden müssen. Henning war daher höchst willkommen. Er arbeitete sich nun mit Eifer in das Geschäft ein, und nach Verlauf eines Jahres übernahm er die Leitung desselben.

Vier Jahre später sind mancherlei Veränderungen vor sich gegangen. Der Holzhändler ist gestorben, und Henning ist zu seinem Universalerben eingesetzt. Der alte Lind auf Stavnede ist auch zu seinen Vätern heimgegangen, hat aber das Gut so verschuldet hinterlassen, daß es hat verkauft werden müssen, und bei dem Verkauf ist so gut wie nichts für Agathe übriggeblieben. Der neue Besitzer von Stavnede ist Henning, der den Holzhandel aufgegeben hat und zur Landwirtschaft zurückgekehrt ist. Auf Hagestedgaard ist ein gewisser Klausen Niels Brydes Nachfolger geworden, er soll in allernächster Zeit Hochzeit mit Agathe feiern, die jetzt bei den Pfarrersleuten wohnt. Sie ist noch schöner als früher. Mit Henning ist es anders. Es ist ihm nicht anzusehen, daß ihm das Glück hold gewesen ist. Er sieht beinahe alt aus, die Gesichtszüge sind scharf, der Gang ist matt, er geht etwas gebeugt, spricht wenig und sehr leise, sein Auge hat einen wunderlich trockenen Glanz bekommen, und der Blick ist unruhig und wild geworden. Wenn er sich allein glaubt, spricht er leise mit sich selbst und gestikuliert dazu. Die Leute dort in der Gegend glauben infolgedessen, daß er trinkt.

Aber das ist es nicht. Tag und Nacht, zu jeder Zeit, niemals weiß er sich sicher vor dem Gedanken an Niels Brydes Mord. Sein Geist und seine Fähigkeiten sind dahingewelkt in dieser ewigen Angst, denn wenn dieser Gedanke kommt, so ist es nicht Reue oder dunkler Kummer, sondern wie lebendiges, flammendes Grauen, ein schreckliches Delirium, wo der Blick wirr wird, so daß sich alles bewegt: strömend, tropfend, seltsam rieselnd, und alles hat Farbe gewechselt, es ist leichenblaß oder dunkelblutig rot. Und da ist ein Ziehen in all diesem Strömen, als söge es aus allen Adern, als nähre es sich aus allen den feinen Fasern der Nerven, und die Brust keucht in namenloser Angst, aber kein erlösender Schrei, kein erleichternder Seufzer kann sich einen Weg über die bleichen Lippen bahnen.

Solche Gefühle sind die Folge des Gedankens, deshalb fürchtet er ihn, deshalb ist sein Blick unruhig und sein Gang so matt. Diese Furcht hat ihn entkräftet, und die Kraft, die ihm noch geblieben ist, lebt in seinem Haß. Denn er haßt Agathe, haßt sie, weil seine Seele durch seine Liebe zu ihr zugrunde gegangen ist, sein Lebensglück durch sie zerstört ist, sowie sein Friede; am meisten aber haßt er sie, weil sie nichts ahnt von dieser ganzen Welt von Qual und Elend, die sie geschaffen hat; und wenn er nun unter drohenden Gebärden mit sich selber redet, so ist es Rache, woran er denkt, sind es Rachepläne, über denen er brütet. Aber er läßt sich nichts merken, er ist die Freundlichkeit selbst gegen Agathe, er trägt die Kosten ihrer Aussteuer, und später war er ihr Führer an den Altar, und seine Freundlichkeit erkaltete auch nicht nach der Hochzeit; er half und riet Klausen in jeder Weise, und sie machten gemeinsam mehrere große Spekulationsgeschäfte, die ein vorzügliches Ergebnis hatten. Henning hielt dann auf, aber Klausen hatte Lust, fortzufahren, und Henning versprach, ihn mit Rat und Tat zu unterstützen. Das tat er auch. Er streckte ihm sehr bedeutende Geldsummen vor, und Klausen ging von einer Spekulation zur andern. Er gewann bei einigen, verlor bei mehreren, aber je mehr er spekulierte, um so eifriger wurde er. Ein sehr großes Unternehmen sollte ihn endlich zum reichen Manne machen. Es forderte mehrere große Auszahlungen, und Henning half ihm beständig; die letzte stand noch aus, da zog sich Henning zurück. Die Aussichten erschienen Klausen vielversprechend, und zog er sich jetzt von der Sache zurück, so war er ruiniert, bezahlen konnte er aber nicht. So schrieb er denn Hennings Namen auf ein paar Wechseln nach, niemand würde Verdacht schöpfen, und der Gewinn würde bald kommen.

Das Unternehmen mißglückte. Klausen war fast ruiniert. Der Verfalltag der Wechsel rückte heran, das Letzte mußte versucht werden, so schickte er denn Agathe nach Stavnede. Henning war erstaunt, sie zu sehen, denn es war noch gar nicht lange her, seit sie Wochenbett gehalten hatte, und das Wetter war rauh und regnerisch. Er führte sie in die grüne Stube, und dort erzählte sie von der mißglückten Spekulation und von den Wechseln.

Henning schüttelte den Kopf und sagte ruhig und milde, daß sie ihren Mann mißverstanden haben müsse, man schreibe nicht anderer Leute Namen unter Wechsel, das sei nämlich ein Verbrechen, geradezu ein Verbrechen, das von dem Gesetz mit Zuchthaus bestraft werde.

Nein, nein, sie habe ihren Mann nicht mißverstanden, sie wisse, daß es ein Verbrechen sei, gerade deswegen müsse er helfen; wenn er nur keine Einsprache gegen die Unterschrift erhebe, dann sei alles wieder gut.

Ja, aber dann müsse er den Wechsel bezahlen, und das könne er nicht, er habe schon so viel Geld in Klausens Unternehmung, daß er über die Kraft belastet sei. Er könne nicht.

Sie weinte und bat.

Aber sie müsse doch wirklich bedenken, daß er ungeheure Verluste durch Klausen erlitten habe. Als sie ihm erzählte, daß das Unternehmen mißglückt war, sei ihm wirklich gewesen, als habe ihm jemand einen Schlag ins Gesicht versetzt, so überrascht und verwirrt sei er geworden. Bei der Benutzung dieses Ausdruckes sei ihm eingefallen, daß sie ihn einmal geschlagen habe, ob sie sich dessen noch erinnern könne? Nein! ... es war an einem Tage gewesen, als er sie damit geneckt hatte, daß Bryde – könne sie sich dessen wirklich nicht mehr erinnern? Ja, sie habe ihn in liebenswürdigem Eifer auf die Wange geschlagen, auf *die* Wange da.

Ja, aber *konnte* er denn nicht helfen?

Es war hier in diesem Zimmer. Ach, das war eine andere Zeit, eine merkwürdige Zeit. Er glaube sogar, daß er ihr einmal einen Antrag gemacht habe, es komme ihm so vor. Den Fall gesetzt, sie hätte ihn genommen, aber es war töricht, davon zu reden, nein, Bryde, das war ein schöner Mann, und dann mußte er so traurig ums Leben kommen, der hübsche Kerl!

Ja, ja, aber gab es denn wirklich keinen Ausweg, gar keinen?

Sie solle das mit den Wechseln nicht glauben, das sei etwas, was Klausen ihr eingebildet habe, um aus ihm herauszulocken, ob er nicht noch ein wenig helfen könne, das sei ein Pfiff, Klausen sei pfiffig, sehr fein, sehr fein.

Nein, es war wirklich so, wie sie sagte. Wenn sie mit einer abschlägigen Antwort zurückkam, so müßte Klausen nach Amerika flüchten, der Wagen, der ihn nach der Eisenbahnstation in Voer bringen sollte, war schon herausgezogen, als sie hierhergegangen sei.

Nein, das habe er nicht von Klausen geglaubt. Das sei doch der gemeinste Schurkenstreich! Den Mann in Ungelegenheit zu bringen, der ihm wieder und wieder geholfen und geholfen hatte. Er müsse sehr schlecht sein. Es sei empörend, und dann Unehre über seine Frau und das unschuldige Kind zu bringen. Sie solle nur hören, was die Leute sagen würden! Arme Agathe! Arme Agathe!

Sie warf sich vor ihm nieder und bat: »Henning, Henning, habe Mitleid mit uns!«

»Nein, und tausendmal nein, *mein* Name soll ohne Makel sein, ich helfe einem Verbrecher nicht.«

Dann ging sie.

Henning setzte sich hin und schrieb an die Polizei in Voer, daß man Klausen wegen Wechselfälschung anhalten solle, wenn er sich auf der Eisenbahnstation blicken lasse. Ein reitender Bote wurde mit dem Brief abgesandt.

Am Abend hörte er, daß Klausen abgereist sei, am nächsten Tage, daß man ihn in Voer angehalten habe.

Agathe mußte sich zu Bett legen, als sie nach Hause kam. Geschwächt wie sie war von der kürzlich überstandenen Krankheit, hatte sie die Anstrengung und die heftige Gemütsbewegung nicht ertragen können. Die Nachricht, daß Klausen verhaftet sei, knickte sie vollständig. Die Krankheit nahm einen heftigen, fieberartigen Charakter an, und drei Tage später wurde nach Stavnede die Meldung gesandt, daß sie tot sei.

Am Tage vor dem Begräbnis ging Henning nach Hagestedgaard. Das Wetter war dunkel und nebelig, das Laub fiel in dichten Massen, es lag ein scharfer, erdiger Geruch in der Luft.

Sie führten ihn in das Sterbezimmer, die Fenster waren mit weißen Tüchern verhängt, am Kopfende der Leiche brannten ein paar Lichter. Die Luft war schwer von dem Blumenduft der vielen Kränze und von dem Firnisgeruch des Sarges.

Er wurde beinahe feierlich gestimmt, als er sie in der phantastisch weißen Leichenkleidung daliegen sah. Sie hatten ein weißes Tuch über ihr Antlitz gebreitet; er ließ es liegen. Die Hände lagen über der Brust gefaltet; sie hatten ihr weiße, baumwollene Handschuhe angezogen. Er nahm die Hand, zog den Handschuh ab und schob ihn in seine Brust hinein. Dann betrachtete er neugierig die Hand, bog die Finger und hauchte sie an, wie um sie zu erwärmen. Lange hielt er ihre Hand in der seinen, es wurde dunkler und dunkler im Zimmer, der Nebel da draußen nahm zu. Dann beugte er sich über ihr Antlitz und flüsterte: »Leb wohl, Agathe! ich will dir etwas sagen, ehe wir scheiden, ich bereue auch nicht, was ich getan habe!« Dann ließ er die Hand fallen und ging.

Als er hinauskam, konnte er kaum die Scheune sehen, so dicht war der Nebel. Er ging am Strand entlang nach Hause. – Jetzt war er gerächt, und dann? Was dann morgen und übermorgen, was dann? – Es war so still, nur ein klein wenig Geräusch von dem Wasser da unten; – aber er konnte sein Herz nicht hören, ja, es schlug doch, aber so matt, so matt, – wie? das klang wie ein Schuß! und noch einer! Er schüttelte den Kopf, lächelte und murmelte: »Nein, nicht zwei, nur einer, nur einer!« Er war so müde, aber ruhen – er hatte keine Ruhe, um zu ruhen. Er blieb einen Augenblick stehen und sah sich um: es war nicht viel zu sehen, der Nebel bildete eine Mauer um ihn, Nebel oben, Nebel ringsumher, Sand unten; da lagen seine Fußspuren im Sande in einer geraden Linie; bis mitten in den Nebelkreis hinein reichten sie, nicht weiter; er ging wieder ein wenig, nein, sie kamen nicht weiter als bis zur Mitte, aber hinter ihm, da, wo er gegangen war, da waren Kreise voll von seinen Fußstapfen. – Er war doch sehr müde! Das machte der Sand, es war so schwer, darin zu gehen – jede Fußspur hatte ihn etwas von seinen Kräften gekostet, ja! es war eine Reihe von Gräbern für seine entschwundenen Kräfte – und auf der anderen Seite, da lag der Sand eben und glatt und wartete, – ein Schauer überlief ihn: es schreitet jemand über mein Grab – es geht jemand in meinen Fußstapfen, es raschelt da hinten im Nebel wie von Frauengewändern, es ist etwas Weißes da drinnen in dem weißen Nebel! Er ging wieder weiter, so schnell er konnte. Die Beine schlotterten unter ihm, es wurde ihm schwarz vor Augen, aber vorwärts mußte er, dahin durch den Nebel, denn das da drinnen verfolgte ihn beständig. Es kam näher und näher, die Kräfte waren nahe daran, ihn zu verlassen, er schwankte von der einen Seite auf die andere, seltsame Blitze zuckten an seinen Augen vorüber, scharfe, gellende Laute klangen ihm ins Ohr, der kalte Schweiß stand ihm auf der Stirn, seine Lippen öffneten sich in Entsetzen; dann sank er im Sande um. Und aus dem Nebel heraus kam es, formlos und doch erkennbar, sich über ihn schleichend, schwer und langsam. Er versuchte sich aufzurichten, da packte es ihn mit eiskalten, weißen Fingern an der Kehle ...

Am nächsten Tage, als Agathe begraben werden sollte, mußte das Gefolge eine Weile warten, aber es kam doch niemand aus Stavnede, um ihr das Geleit zu geben.

Zwei Welten

Salzach ist kein munterer Fluß, und an ihrem östlichen Ufer liegt ein kleines Dorf, das sehr trübselig, sehr arm und wunderlich still ist.

Gleich einer elenden Schar verkrüppelter Bettler, die vom Ufer angehalten worden sind und nichts als Fährlohn zu geben hatten, stehen die Häuser da unten an dem äußersten Rande des Ufers, die gichtbrüchigen Schultern gegeneinander gedrückt, und stängeln hoffnungslos mit ihren morschen Krückstöcken in dem grauen Strom, während ihre schwarzen, glanzlosen Fensterscheiben aus dem Hintergrunde der hölzernen Galerien unter den vorspringenden Schindeldachbrauen mit einem schielenden Ausdruck gefräßigen Kummers nach den glücklicheren Häusern da drüben hinüberstarren, die sich einzeln und zu zweien und hier und da in traulichen Gruppen über die grüne Wiese ausbreiten bis weit hinein in die golden neblige Ferne. Aber die armen Häuser umgibt kein Glanz, nur brütende Finsternis und Schweigen, bedrückt von dem Geräusch des Flusses, der träge, jedoch nimmer rastend, vorübersickert auf seinem Wege, so lebensmüde, so wunderlich geistesabwesend vor sich hinmurmelnd.

———————

Die Sonne war im Begriff unterzugehen; das schrille, glashelle Summen der Grillen begann die Luft auf der andern Seite zu erfüllen und wurde dann und wann herübergetragen von plötzlichen, matten Windstößen, die kamen und in den Bestand dünner Weiden am Flußrande erstarben.

Oben auf dem Fluß kam ein Boot daher.

Eine schwache, abgezehrte Frauengestalt stand in einem der letzten Häuser, über die Brüstung der Galerie gelehnt, und sah danach aus. Sie beschattete die Augen mit der fast durchsichtigen Hand; denn da oben, wo das Boot war, lag der Glanz der Sonne goldig und scharf glitzernd über den Wassern, und es sah aus, als segele es auf einem Spiegel aus Gold.

Aus dem klaren Halbdunkel leuchtete das wachsbleiche Antlitz der Frau hervor, als trage es Licht in sich; deutlich und scharf war es zu sehen wie die Schaumkämme, die selbst in dunkeln Nächten die Wogen des Meeres weiß machen. Ängstlich spähten ihre hoffnungslosen Augen, ein eigentümlich schwachsinniges Lächeln lag um den müden Mund, aber die lotrechten Runzeln auf ihrer runden, vorspringenden Stirn breiteten doch gleichsam einen Schatten von der Entschlossenheit der Verzweiflung über das ganze Gesicht.

Von der kleinen Kirche des Dorfes begann es zu läuten.

Sie wandte sich ab vom Sonnenglanz und wiegte den Kopf hin und her, wie um dem Glockenklang zu entgehen, indem sie beinahe wie eine Antwort auf das anhaltende Läuten vor sich hin murmelte: »Ich kann nicht warten, ich kann nicht warten!«

Doch das Läuten hielt an.

Wie in Folterqual ging sie auf der Galerie hin und her; die Schatten der Verzweiflung waren noch tiefer geworden, und sie atmete schwer, wie jemand, den das Weinen bedrückt und der doch nicht weinen kann.

Lange, lange Jahre hatte sie an einer schmerzhaften Krankheit gelitten, die ihr niemals Ruhe ließ, sie mochte liegen oder gehen. Sie hatte eine weise Frau nach der andern aufgesucht, hatte sich von einer heiligen Quelle zur andern geschleppt, jedoch ohne Nutzen. Jetzt zuletzt war sie mit dem Septemberbittgang in St. Bartholomä gewesen, und dort hatte ein alter, einäugiger Mann ihr den Rat gegeben, einen Strauß aus Edelweiß und welker Raute, aus den Rostknoten des Mais und aus Kirchhofsfarnen, aus einer Locke ihres Haares und dem Splitter eines Sarges zu binden; den solle sie dann einem jungen Frauenzimmer nachwerfen, das gesund und frisch war und das durch rinnendes Wasser daherkam, dann würde die Krankheit sie verlassen und auf die andere übergehen.

Und nun trug sie den Strauß auf der Brust verborgen, und da oben auf dem Flusse kam ein Boot daher, das erste, seit sie die Zauberrute gebunden hatte. Sie war wieder an die Brüstung der Galerie getreten, das Boot war so nahe, daß sie sehen konnte, es waren fünf, sechs Passagiere an Bord. Fremde, wie es schien. Im Steven stand der Bootsführer mit einer Pflichtstange, am Steuer saß eine Dame und lenkte das Boot, und neben ihr war ein Mann, der acht gab, daß sie nach dem Wink des Bootsführers steuerte; die andern saßen mitten im Boot.

Die Kranke beugte sich weit vor, jeder Zug in ihrem Gesicht war gespannt und spähend, und die Hand barg sie im Busen. Ihre Schläfen klopften, ihr Atem stockte fast, und mit geblähten Nüstern, mit glühenden Wangen und weit aufgerissenen, starren Augen wartete sie auf das Kommen des Bootes.

Schon konnte man die Stimmen der Reisenden hören, bald deutlich, bald nur als gedämpftes Murmeln.

»Glück«, sagte einer von ihnen, »ist eine absolut heidnische Vorstellung. Sie können das Wort nicht an einer einzigen Stelle im Neuen Testament finden.«

»Seligkeit?« wandte ein anderer fragend ein.

»Nein, hören Sie einmal,« wurde nun gesagt, »wohl ist es das Ideal einer Unterhaltung, von dem abzukommen, worüber man spricht, aber das, finde ich, könnten wir jetzt passenderweise tun, indem wir zu dem zurückkehren, wovon wir ausgegangen sind.«

»Nun ja, also die Griechen ...«

»Erst die Phönizier!«

»Was weißt du von den Phöniziern?«

»Nichts! aber warum sollen die Phönizier immer übergangen werden!«

Das Boot war jetzt gerade unter dem Hause, und in dem Augenblick, als es da war, zündete jemand an Bord seine Zigarette an. Das Licht fiel ein paarmal kurz aufflackernd auf die Dame am Steuer, und in dem rötlichen Schein sah man ein jugendliches, frisches Mädchengesicht mit einem glücklichen Lächeln auf den halbgeöffneten Lippen und einem träumenden Ausdruck in den klaren Augen, die zu dem dunkeln Himmel aufsahen.

Der Schein erlosch, ein leises Plätschern ward hörbar, als werde etwas in das Wasser geworfen, und das Boot trieb vorüber.

Es war ungefähr ein Jahr später. Die Sonne versank zwischen Bänken von schweren, düster glühenden Wolken, die einen blutroten Schein auf das falbe Wasser des Flusses warfen, ein frischer Wind strich über die Ebene hin, da waren keine Grillen, nur das Bubbeln des Flusses und das Sausen der wispernden Röhrichtkante. In der Ferne sah man ein Boot mit dem Strom abwärts kommen.

Die Frau von der Galerie war unten am Ufer. – Damals, als sie dem jungen Mädchen ihre Zauberrute nachgeworfen hatte, war sie ohnmächtig auf dem Altan umgefallen, und die heftige Gemütsbewegung, vielleicht auch ein neuer Armenarzt, der dort in die Gegend gekommen war, hatten eine Veränderung in ihrer Krankheit bewirkt, und nach einer harten Übergangszeit hatte sie angefangen sich zu erholen und war nach ein paar Monaten vollständig genesen. Im Anfang war sie wie berauscht von diesem Gefühl von Gesundheit, aber es währte nicht lange, dann wurde sie niedergeschlagen und bekümmert, unruhig verzweifelt, denn überall wurde sie verfolgt von dem Bilde des jungen Mädchens in dem Boot. Zuerst kam es zu ihr, wie sie es gesehen hatte, jung und blühend, es kniete zu ihren Füßen nieder und sah flehend zu ihr auf; dann später wurde es unsichtbar, aber sie wußte trotzdem, wo es war und daß es da war, denn sie hörte, wie es dalag und ganz leise wimmerte, am Tage in ihrem Bett, des Nachts in einer Ecke ihrer Kammer. Jetzt in der letzten Zeit war es wieder stumm, aber sichtbar geworden, es saß vor ihr, bleich und abgezehrt und starrte sie mit unnatürlich großen, wundersamen Augen an. –

Heute abend war sie unten am Flußufer; sie hatte einen Span in der Hand und ging umher und zeichnete Kreuz auf Kreuz in den weichen Schlamm; hin und wieder richtete sie sich auf und lauschte, und dann zeichnete sie weiter.

Da begann es zu läuten. Sie zeichnete das Kreuz sorgfältig fertig, legte den Span hin, kniete nieder und betete. Dann ging sie in den Fluß hinaus, bis an die Taille, faltete ihre Hände und legte sich nieder in das grauschwarze Wasser. Und es nahm sie, zog sie hinab in die Tiefe und sickerte wie immer schwerfällig und trübselig dahin, vorbei an dem Dorf, vorüber an den Feldern – fort.

Das Boot war jetzt ganz nahe gekommen; es hatte die jungen Leute an Bord, die einander damals beim Steuern halfen und die jetzt auf ihrer Hochzeitsreise waren. Er saß am Steuer, sie stand aufrecht mitten im Boot, in einen grauen, großen Schal gehüllt und eine kleine rote Mütze auf dem Kopf ... stand da und stützte sich gegen den kurzen, segellosen Mast und summte eine Melodie vor sich hin.

Dann trieben sie dicht unter dem Hause vorüber. Sie nickte vergnügt dem Steuermann zu, sah zu dem Himmel empor und begann zu singen, sang gegen den Mast gelehnt und den Blick zu den treibenden Wolken erhoben:

»Ihr Gräber fest
Mein sicheres Nest;
Du Burg des Glücks, bist so stark du gefügt,
Daß gegen den Kummer der Wall nicht trügt?
Was kann ich jetzt dämmernd vom Söller dort sehn,
Draußen, wo sonnenrot Wolken vergehn?
Ich kenne die Schatten ...
Da draußen ermatten,
Da draußen, da wanken
Landflüchtge Gedanken
Meiner Wehmutzeit,
Ihr Schatten, kommt zu mir herein,
Ihr sollt mir stets am nächsten sein,
Und trinkt aus goldigem Pokal
Im schimmernd reichen Strahlensaal:
Einen Trunk für das Glück, bevor es kam,
Einen Trunk für des Hoffens Armut und Scham,
Einen Traumestrunk!«

Hier sollten Rosen blühen

Hier sollten Rosen blühen.

Von den großen, blassen, gelben.

Und sie sollten in einem üppigen Büschel über die Gartenmauer hängen und gleichgültig die zarten Blätter in die Wagenspuren am Wege herabrieseln lassen: ein vornehmer Schimmer von all dem verschwenderischen Blumenreichtum da drinnen.

Und laßt sie dann den feinen, vorüberziehenden Rosenduft haben, der nicht festzuhalten ist, der ist wie von unbekannten Früchten, von denen die Sinne in ihren Träumen fabeln.

Oder sollten sie rot sein, die Rosen?

Vielleicht.

Die kleinen, runden, härtlichen Rosen könnten es sein, und dann sollten sie da in leichten Ranken hängen, blanklaubig, rot und frisch und sein wie ein Gruß oder eine Kußhand von dem Wanderer, der müde und bestaubt mitten auf der Landstraße dahergegangen kommt, froh darüber, daß er jetzt nur noch eine halbe Viertelmeile bis Rom hat.

Woran er wohl denken mag? wie sein Leben wohl ist?

So – jetzt ist er von den Häusern verdeckt, die verdecken alles da drinnen; sie verdecken einander und den Weg und die Stadt, aber nach der anderen Seite ist Aussicht genug; dort biegt der Weg in einer trägen, langsam geschwungenen Windung nach dem Flusse hinunter, nach der trübseligen Brücke hinunter. Und wieder dahinter ist dann also die ganze, ungeheure Campagna.

Das Grau und Grün solcher großen Ebenen ... es ist, als steige die Müdigkeit vieler mühsamer Meilen aus ihnen auf und legte sich bedrückend über einen und machte einen sich einsam und verlassen fühlen, brächte einen dahin, zu suchen und sich zu sehnen. Dann ist es doch viel besser, sich in einem Winkel wie diesem gemütlich niederzulassen, zwischen hohen Gartenmauern, wo die Luft warm und weich und lau liegt, auf der Sonnenseite zu sitzen, wo sich eine Bank in eine Art Nische in der Mauer hineinkrümmt, dort zu sitzen und die glänzend grünen Akanthus im Landstraßengraben zu betrachten und die silbergefleckten Disteln und die mattgelben Herbstblumen.

Auf der langen, grauen Mauer, gerade gegenüber, einer Mauer voll von Eidechsenlöchern und Spalten mit verdorrtem Mauergras, dort hätten die Rosen blühen sollen, und sie hätten gerade an der Stelle hervorgucken sollen, wo die lange, einförmige Fläche von einem bauchigen, großen Korb aus herrlicher, alter Schmiedearbeit unterbrochen wird, von einem Gitterkorb, der einen geräumigen und mehr als brusthohen Balkon bildet, wo es erfrischend sein müßte, hinaufzusteigen, wenn man des eingeschlossenen Gartens müde war.

Und das sind sie oft gewesen.

Sie haben die prächtige, alte Villa gehaßt, die da drinnen sein soll, mit ihren Marmortreppen und grobfädigen Tapeten; und die uralten Bäume mit ihren stolzen, schwarzen Kronen, die Pinien und Lorbeerbäume, die Edeleschen, Zypressen und Steineichen, sie sind während ihres ganzen Heranwachsens gehaßt worden mit dem Haß, den unruhige Herzen gegen das Alltägliche, das Gewohnte, das Ereignislose haben, gegen das, was sich nicht mitsehnt und deswegen zu widerstreben scheint.

Aber von dem Balkon aus konnte man wenigstens mit dem Blick hinausgelangen, und da haben sie dann gestanden, eine Generation nach der andern und allesamt hinausgestarrt, eine jede mit ihrem Mut, eine jede ihrem Ziel entgegen. Goldbereifte Arme haben auf dem Rande des eisernen Korbes geruht, und manch ein seidenumhülltes Knie hat sich gegen seine schwarzen Schnörkel gestemmt, während bunte Bänder von allen seinen Sprossen geflattert haben als Liebesgrüße und Stelldicheinverheißungen. Gattinnen, schwerfällig und schwanger, auch sie haben dort gestanden und unmögliche Botschaften in die Ferne entsandt. Frauen, groß, üppig und verlassen, bleich wie der Haß ... wenn doch der Tod mit einem Gedanken hinausgesandt werden, wenn doch die Hölle durch einen Wunsch erschlossen werden könnte! ... Frauen und Männer! es sind immer Frauen und Männer, selbst diese mageren, weißen Jungfrauenseelen, die gleich einem Schwarm verirrter Tauben sich gegen das

schwarze Gitter pressen und ›Greift uns!‹ erdichteten edlen Habich-
ten zurufen.

Man könnte sich hier ein lebendes Bild ausmalen.

Die Szenerie würde sich trefflich zu einem lebenden Bilde eignen.

Die Mauer dort mit dem Balkon ganz so wie sie ist; aber der Weg
müßte breiter sein, sich zu einem Rondell erweitern, und in der
Mitte ist ein alter, leiser Springbrunnen erforderlich, aus gelblichem
Tuff erbaut, mit einer Kumme aus gesprungenem Porphyr. Als
Fontänenfigur ein Delphin mit abgebrochenem Schwanz und einem
verstopften Nasenloch. Aus dem andern springt der spärliche Strahl
auf. Auf der einen Seite des Springbrunnens eine halbrunde Bank
aus Tuff und gebrannten Steinen.

Der lose, weißgraue Staub, der rötliche, gegossene Stein der Bank,
der ausgehauene, gelbliche, poröse Tuff, der dunkle, geschliffene,
feuchtglänzende Porphyr und dann der lebendige, kleine, silberglit-
zernde Strahl; Stoffe und Farben stimmen sehr gut.

Die Personen: zwei Pagen.

Nicht aus irgendeiner bestimmten historischen Zeit, denn die
wirklichen Pagen haben dem Pagenideal ja gar nicht entsprochen.
Die Pagen hier, das sind Pagen, wie sie auf Bildern und in Büchern
lieben und träumen.

Es ist also nur die Tracht, die etwas Historisches an sich hat.

Die Schauspielerin, die der jüngere der Pagen sein soll, ist in
dünner Seide, die sich ganz fest anschmiegt und die blaßblau ist
und mit heraldischen Lilien von dem lichtesten Gold durchwebt.
Das, und dann so viele Spitzen, wie es nur möglich ist anzubringen,
sind das Hervortretendste bei dem Kostüm, das es nicht so sehr auf
ein bestimmtes Jahrhundert abgesehen hat als darauf, die jugend-
lich üppige Gestalt, das prachtvolle, blonde Haar und den zarten
Teint hervorzuheben.

Sie ist verheiratet, aber es währte nur anderthalb Jahre, dann
wurde sie von dem Manne geschieden und soll sich gar nicht gut
gegen ihn aufgeführt haben. Und das mag gern sein, aber etwas
Unschuldigeres kann man nicht mit Augen sehen. Das heißt, es ist
ja nicht diese niedliche Unschuld aus erster Hand, die ja freilich ihr

Anziehendes hat; es ist hingegen jene wohlgepflegte, voll entwickelte Unschuld, in der sich kein Mensch irren kann und die einem direkt zum Herzen geht und einen mit der ganzen Macht bezaubert, die nun einmal dem Vollendeten gegeben ist.

Die andere Schauspielerin ist die schlanke Melancholische in dem lebenden Bild. Sie ist unverheiratet und hat keine Geschichte, absolut keine; niemand weiß das geringste, und doch ist da so viel Sprechendes in diesen fein gezeichneten, fast mageren Gliedern, in diesem bernsteinbleichen, regelmäßigen Gesicht, von rabenschwarzen Locken beschattet, von diesem linienstarken, männlichen Hals getragen, aufreizend durch sein höhnisches und doch sehnsuchtskrankes Lächeln, unergründlich mit diesen Augen, deren Dunkel in ihrem Glanz eine Weichheit hat wie das dunkle Blatt in der Blüte des Stiefmütterchens.

Das Gewand ist gedämpft gelb, küraßartig, mit breiten Falten der Länge nach gestreift, mit aufrecht stehendem, steifem Kragen und Knöpfen aus Topas. Ein schmaler, gekräuselter Streif guckt am Rande des Kragens und ebenso vor der Hand aus den enganschließenden Ärmeln hervor. Die Beinkleider sind kurz, weit, geschlitzt und von einer toten, grünen Farbe mit verschossenem Purpur in den Schlitzen. Graues Trikot. – Der blaue Page trägt selbstverständlich ein blendend weißes Trikot – beide haben sie Baretts.

So sind sie.

Und jetzt steht der Gelbe oben auf dem Balkon und lehnt sich über den Rand, während der Blaue da unten auf der Bank des Springbrunnens sitzt, behaglich zurückgelehnt, und die beringten Hände um das eine Knie gefaltet. Träumend starrt er auf die Campagna hinaus.

Dann spricht er:

»Nein, es gibt nichts auf der Welt wie die Weiber! – Ich begreife es nicht ... es muß ein Zauber in den Linien liegen, in denen sie geschaffen sind, denn wenn ich sie nur vorübergehen sehe: Isaura, Rosamunde und Donna Lisa und die anderen, wenn ich nur sehe, wie sich das Gewand um ihre Formen schmiegt, wie es bei ihrem Gange wallt, dann ist mir, als tränke mein Herz das Blut aus allen meinen Adern und lasse meinen Kopf leer und ohne Gedanken und meine Glieder bebend und ohne Kraft, alles, mein ganzes Wesen – ist in einem einzigen, langen und zitternden, angstvollen Sehnen zusammengefaßt. Was ist das doch nur? Was kann es sein? Es ist, als gehe das Glück unsichtbar an meiner Tür vorüber, und ich müßte es greifen und festhalten, und es sollte mein sein, so wunderbar – und ich kann ja nicht greifen, weil ich nicht sehen kann!«

Und dann sagt der andere Page von seinem Balkon herab:

»Und wenn du zu ihren Füßen säßest, Lorenzo, und sie, in ihre Gedanken versunken, vergessen hätte, warum sie dich hatte rufen lassen, und du säßest schweigend und wartetest, und ihr wunderschönes Antlitz wäre über dich gebeugt, dir ferner in den Wolken seiner Träume als der Stern an seinem Himmel und doch deinem Blick so nahe, daß der Zug jeder schönheitsgetragenen Linie, jede Farbenlilie der Haut in ihrer weißen Ruhe wie in ihrem weichen, rosenähnlichen Wechseln deiner Bewunderung preisgegeben ist – wäre es dir da nicht, als ob sie, die da sitzt, einer andern Welt angehörte als die, in der du in Bewunderung kniest, eine andere Welt in sich trüge, eine andere Welt um sich habe, wo ihre sonntäglich gekleideten Gedanken einem Ziel entgegengingen, das du nicht kenntest, und wo sie liebte, fern von dir und den Deinen, von deiner Welt und dem Ganzen, und in die Ferne träumte und sich sehnte, und als ob da nicht der geringste Raum für dich in ihren Gedanken zu gewinnen sei, obwohl du danach glühtest, dich ihr zu opfern, dein Leben und alles hinzugeben, nur auf daß zwischen ihr und dir, wenn auch nur ein Schimmer von weniger als Gemeinschaft, von weit weniger als Zusammengehören sein möchte.«

»Ja, ja, du weißt ja, daß es so ist. Aber ...«

– Jetzt läuft da eine goldengrüne Eidechse an dem Rand des eisernen Korbes entlang. Sie stutzt und sieht sich um. Ihr Schwanz bewegt sich ...

Wenn man einen Stein finden könnte ...

Nimm dich jetzt in acht, meine vierbeinige Freundin!

Nein, sie sind nicht zu treffen, sie können den Stein schon lange hören, bevor er kommt. Immerhin, einen Schrecken hat sie doch bekommen.

Aber die Pagen, die sind im selben Augenblick verschwunden.

Sie saß da so allerliebst, die Blaue, und es lag gerade die richtige unbewußte Sehnsucht in ihrem Blick und eine ahnungsvolle Nervosität in allen ihren Bewegungen wie auch in dem kleinen Schmerzenszug um ihren Mund, sowohl wenn sie selbst sprach, wie auch in noch erhöhterem Maße, wenn sie der weichen, ein wenig tiefen Stimme des gelben Pagen lauschte, wie sie vom Balkon herab die aufregenden und doch liebkosenden Worte mit einem Anklang von Spott und einem Anklang von Sympathie zu ihr hinabtrug.

Und ist es nicht, als ob sie beide jetzt wieder da wären?

Sie sind da, und sie haben weitergespielt in dem lebenden Bilde, während sie weg waren, und sie haben fortgefahren, von jener unbestimmten Jünglingsliebe zu sprechen, die nimmer Ruhe findet, sondern rastlos durch alle Lande der Ahnung und alle Himmel der Hoffnung flattert, krank vor Sehnsucht, gestillt zu werden in dem starken, innigen Glühen eines großen, einigen Gefühls; davon haben sie gesprochen; der Jüngere mit bitterem Bedauern, der Ältere mehr und mehr wehmütig, und nun sagt der Ältere, der Gelbe, zu dem Blauen, er solle nicht so ungeduldig danach verlangen, daß die Gegenliebe eines Weibes ihn fangen und festhalten möge.

»Nein, glaube du mir,« sagt er, »die Liebe, die du findest, von zwei weißen Armen umfangen, mit zwei Augen als deinem nahen Himmel und der sicheren Seligkeit zweier Lippen, die ist der Erde und dem Staube zu nahe, die hat die freie Ewigkeit der Träume gegen ein Glück eingetauscht, das nach Stunden bemessen werden kann und das in Stunden altert; denn wenn es sich auch stetig verjüngt, so büßt es doch jedesmal einen jener Strahlen ein, die in einem Glorienschein, der nicht welken kann, die ewige Jugend der Träume umstrahlen. Nein, du bist glücklich!«

»Nein, *du* bist glücklich!« erwiderte der Blaue, »ich gäbe eine Welt dafür, wenn ich so wäre wie du!«

Und der Blaue erhebt sich und beginnt, den Weg nach der Campagna hinabzugehen, und der Gelbe sieht ihm mit einem wehmütigen Lächeln nach und sagt vor sich hin: »Nein, *er* ist glücklich!«

Aber ganz unten am Wege wendet der Blaue sich noch einmal nach dem Balkon um und ruft, während er das Barett lüftet: »Nein, *du* bist glücklich!«

Hier sollten Rosen blühen.

Und dann könnte nun ein Windhauch kommen und einen ganzen Regen von Rosenblättern von den blütenschweren Zweigen herabschütteln und sie dem dahinschreitenden Pagen nachwirbeln.

Die Pest in Bergamo

Da war Alt-Bergamo oben auf dem Gipfel eines niedrigen Berges, geborgen hinter Mauern und Toren, und da war das neue Bergamo unten am Fuße des Berges, allen Winden offen.

Eines Tages brach die Pest da unten in der neuen Stadt aus und griff fürchterlich um sich; es starben eine Menge Menschen, und die anderen flohen, fort über die Ebene, in alle vier Ecken der Welt. Und die Bürger in Alt-Bergamo zündeten die verlassene Stadt an, um die Luft zu reinigen, aber es half nichts, sie fingen auch an, oben bei ihnen zu sterben, zuerst einer täglich, dann fünf, dann zehn und dann ein paar Dutzend, und als es seinen Höhepunkt erreicht hatte, noch viel mehr.

Und die konnten nicht so fliehen, wie die in der neuen Stadt es getan hatten.

Da waren ja einige, die es versuchten, aber sie mußten ein Leben wie das eines gehetzten Tieres führen, mit Verstecken in Gräben und Brückenkasten, unter Hecken und in den grünen Feldern; denn die Bauern, denen an mehr als einem Ort die Pest von den ersten Flüchtlingen auf die Gehöfte gebracht war, steinigten jede fremde Seele, die sie trafen, von ihrem Gebiet herunter oder schlugen sie ohne Gnade und Barmherzigkeit nieder wie tolle Hunde, in gerechter Notwehr, wie sie meinten.

Sie mußten bleiben, wo sie waren, die Leute aus Alt-Bergamo, und Tag für Tag ward das Wetter wärmer, und Tag für Tag ward die abscheuliche Ansteckung gieriger und gieriger in ihrem Griff. Das Entsetzen steigerte sich gleichsam zum Wahnsinn, und was da an Ordnung und rechtem Regiment gewesen war, das war, als habe die Erde es verschlungen und dafür das Schlimmste entsandt.

Gleich im Anfang, als die Pest ausbrach, hatten sich die Menschen in Einigkeit und Eintracht zusammengeschlossen, hatten achtgegeben, daß die Leichen ordentlich und gut begraben wurden, und hatten jeden Tag dafür gesorgt, daß große Scheiterhaufen auf Märkten und Plätzen angezündet wurden, damit der gesunde Rauch durch die Straßen treiben konnte. Wacholder und Essig waren an die Armen verteilt worden, und vor allen Dingen hatten die Leute früh und spät die Kirchen aufgesucht, einzeln und in Prozessionen, jeden Tag waren sie mit ihren Gebeten da drinnen vor Gott gewesen, und jeden Abend, wenn die Sonne zur Rüste ging, hatten die Glocken aller Kirchen aus ihren Hunderten von schwingenden Schlünden klagend zum Himmel emporgerufen. Und Fasten waren vorgeschrieben worden, und die Reliquien waren jeden Tag auf den Altären ausgestellt gewesen.

Endlich eines Tages, als sie nichts mehr anzufangen wußten, hatten sie vom Altan des Rathauses herab, unter dem Klang von Posaunen und Tuben, die Heilige Jungfrau zum Podesta oder Bürgermeister der Stadt ausgerufen, jetzt und ewiglich.

Aber das half alles nicht; es gab nichts, was half. Und als das Volk das begriff und allmählich fest wurde in dem Glauben, daß der Himmel entweder nicht helfen wollte oder nicht konnte, da legten sie nicht nur die Hände in den Schoß und sagten, daß alles so kommen müsse, wie es kommen sollte, nein, sondern es war, als sei die Sünde aus einer heimlichen, schleichenden Seuche zu einer boshaften und offenbaren, rasenden Pest geworden, die Hand in Hand mit der körperlichen Krankheit danach ausging, die Seele zu morden, so wie jene ihre Leiber vernichtete. So unglaublich waren ihre Taten, so ungeheuer ihre Verhärtung. Die Luft war voll von Lästerung und Gottlosigkeit, von dem Stöhnen der Straßen und dem Heulen der Häuser, und die wildeste Nacht war nicht schwärzer von Unzucht, als ihre Tage es waren.

»Heute wollen wir prassen, denn morgen sind wir tot!« – Es war, als hätten sie das in Musik gesetzt, um es auf mannigfaltigen Instrumenten in einem unendlichen Höllenkonzert zu spielen. Ja, wären nicht alle Sünden schon vorher erfunden gewesen, so wären sie es hier geworden, denn es gab keinen Weg, den sie in ihrer Verwerflichkeit nicht eingeschlagen hätten. Die unnatürlichsten Laster blühten unter ihnen, und selbst so seltene Sünden wie Nekromantia, Zauberei und Teufelsbeschwörung waren ihnen wohlbekannt, denn da waren viele, die vermeinten, bei den Mächten der Hölle den Schutz zu finden, den der Himmel nicht hatte gewähren wollen.

Alles was Hilfsbereitschaft oder Mitleid hieß, war aus den Gemütern geschwunden, jeder hatte nur Gedanken für sich selbst. Der

Kranke wurde als gemeinsamer Feind aller angesehen, und geschah es einem Unglücklichen, daß er auf der Straße umfiel, matt von dem ersten Fieberschwindel der Pest, so war da keine Tür, die sich ihm öffnete, sondern mit Lanzenstichen und Steinwürfen wurde er gezwungen, sich aus dem Wege der Gesunden fortzuschleppen.

Und Tag für Tag nahm die Pest zu, die Sommersonne brannte auf die Stadt herab, es fiel kein Regentropfen, es rührte sich kein Wind, und von den Leichen, die in den Häusern verwesten, und von den Leichen, die schlecht in die Erde vergraben waren, ward ein erstickender Gestank erzeugt, der sich mit der stillstehenden Luft der Straßen vermischte und die Raben und die Krähen in Schwärmen und in Wolken herbeilockte, so daß es auf Mauern und auf Dächern schwarz von ihnen war. Und ringsumher auf der Ringmauer der Stadt saßen vereinzelt wunderliche, große, fremdländische Vögel, von weit her, mit raublüsternen Schnäbeln und erwartungsvoll gekrümmten Fängen, und sie saßen da und sahen mit ihren ruhigen, gierigen Augen hinein, als warteten sie nur darauf, daß die unglückliche Stadt zu einer großen Aasgrube werden sollte.

Es waren elf Wochen, seitdem die Pest ausgebrochen war, als die Turmwächter und andere Leute, die sich an hochgelegenen Stellen aufhielten, einen seltsamen Zug sich von der Ebene durch die Straßen der neuen Stadt, zwischen den rauchgeschwärzten Steinmauern und den schwarzen Aschenhaufen der Holzschuppen hindurchschlängeln sahen. Eine Menge Menschen! wohl an die sechshundert oder mehr, Männer und Frauen, alte und junge, und sie hatten große, schwarze Kreuze zwischen sich und breite Banner, rot wie Feuer und Blut, über sich. Sie singen, während sie gehen, und eigentümliche, verzweiflungsvoll klagende Töne werden durch die stille, drückend warme Luft emporgetragen.

Braun, grau, schwarz sind ihre Gewänder, aber alle haben sie ein rotes Zeichen auf der Brust. Ein Kreuz ist es, als sie näher kommen. Denn sie kommen beständig näher. Sie pressen sich den steilen, mauerumfriedigten Weg hinan, der zu der alten Stadt führt. Es ist ein Gewimmel von ihren weißen Gesichtern, sie haben Geißeln in den Händen, auf ihre roten Fahnen ist ein Feuerregen gemalt. Und die schwarzen Kreuze schwanken in dem Gedränge bald nach der einen, bald nach der anderen Seite.

Ein Geruch steigt aus dem zusammengedrängten Haufen auf, nach Schweiß, nach Asche, nach Wegestaub und altem Weihrauch. Sie singen nicht mehr, sie sprechen auch nicht mehr, nur der gesamte, trippelnde, herdenartige Laut ihrer nackten Füße.

Antlitz auf Antlitz taucht hinein in das Dunkel der Turmpforte und kommt auf der andern Seite wieder ins Licht, mit lichtmüden Mienen und halbwegs geschlossenen Lidern.

Dann beginnt der Gesang wieder: ein Miserere, und sie umklammern die Geißel und schreiten stärker aus wie bei einem Kriegsgesang.

Als kämen sie aus einer ausgehungerten Stadt, so sehen sie aus, ihre Wangen sind hohl, die Backenknochen stehen vor, es ist kein Blut in ihren Lippen, und sie haben schwarze Ringe unter den Augen.

Die aus Bergamo sind zusammengeströmt und sehen sie mit Verwunderung und Unruhe an. Rote, versoffene Gesichter stehen tiefen, bleichen gegenüber; schlaffe, unzuchtmatte Blicke senken sich vor diesen scharfen, flammenden Augen, greinende Spötter stehen mit offenem Munde diesen Hymnen gegenüber.

Und es klebt Blut an allen ihren Geißeln!

Den Leuten ward ganz wunderlich zumute beim Anblick dieser Fremden.

Aber es währte nicht lange, bis man den Eindruck abgeschüttelt hatte. Da waren einige, die einen halbverrückten Schuhmacher aus Brescia unter den Kreuzträgern wiedererkannt hatten, und sofort war die ganze Schar durch ihn zum Gelächter geworden. Indessen war es doch etwas Neues, eine Zerstreuung in dem Alltäglichen, und als die Fremden dahinmarschierten, der Domkirche zu, da ging man hinterdrein, wie man hinter einer Gauklerbande oder einem zahmen Bären dreingegangen wäre.

Aber während man so ging und sich drängte, wurde man erbittert, man fühlte sich so nüchtern gegenüber der Feierlichkeit dieser Menschen, und man begriff ja sehr wohl, daß diese Schuhmacher und Schneider hierhergekommen waren, um einen zu bekehren, für einen zu beten und die Worte zu reden, die man nicht hören wollte.

Und da waren zwei magere, grauhaarige Philosophen, die die Gottlosigkeit in ein System gebracht hatten, die reizten die Menge und
hetzten sie so recht aus ihrer Herzen Bosheit auf, so daß mit jedem
Schritt, den sie sich der Kirche näherten, die Haltung der Menge
drohender, ihre Zornesausdrücke wilder wurden, und es fehlte
nicht viel, so hätten sie gewaltsam Hand an diese fremden Geißel-
schneider gelegt. Aber da öffnete, kaum hundert Schritt von dem
Kirchenportal, ein Wirtshaus seine Türen, und eine ganze Schar von
Zechbrüdern stürzte heraus, der eine auf dem Rücken des andern,
und sie stellten sich an die Spitze der Prozession und führten sie
singend und brüllend an mit den lächerlichst andächtigen Gebärden, ausgenommen einer von ihnen, der die grasbewachsenen Stu-
fen der Kirchentreppe bis oben hinauf Rad schlug. Dann lachte man
ja, und alle kamen friedlich in das Heiligtum hinein.

Es war wunderlich, wieder da zu sein, durch diesen großen, küh-
len Raum dahinzuschreiten, in dieser Luft, die so scharf war von
dem alten Qualm von Wachslichtschnuppen, über diese eingesun-
kenen Fliesen, die der Fuß so gut kannte, und über diese Steine, mit
deren verschlissenen Ornamenten und blanken Inschriften der Gedanke sich oft abgemüht hatte. Und während sich nun das Auge
halb neugierig, halb mißmutig in dem weichen Halblicht unter den
Wölbungen zur Ruhe verlocken ließ oder hinglitt über die gedämpfte Buntheit von bestaubtem Gold und eingeräucherten Farben oder
sich in die wunderlichen Schatten der Altarwinkel vertiefte, da stieg
eine Art Sehnsucht auf, die nicht niederzuhalten war.

Währenddes trieben die aus dem Wirtshaus ihr Unwesen oben
am Hauptaltar selber, und ein großer und kräftiger Metzger unter
ihnen, ein junger Mann, hatte seine weiße Schürze abgenommen
und sie sich um den Hals gebunden, so daß sie wie ein Mantel an
seinem Rücken herabhing, und so hielt er da oben Messe ab mit den
wildesten, wahnwitzigsten Worten voll Unzucht und Lästerung;
und ein ältlicher, kleiner Dicksack, behende und flink trotz seiner
Beleibtheit, mit einem Gesicht wie ein abgezogener Kürbis, der war
Meßner und respondierte mit allen den liederlichsten Liedern, die
im Lande gangbar waren, und er kniete, und er knixte und kehrte
dem Altar das Hinterteil zu und läutete mit der Glocke, wie mit
einer Narrenschelle, und schlug mit dem Räucherfaß ein Rad um

sich; und die anderen Betrunkenen lagen, so lang sie waren, auf den Altarstufen, brüllend vor Lachen und hicksend vor Trunkenheit.

Und die ganze Kirche lachte und juchheite und spottete über die Fremden und rief ihnen zu, gut achtzugeben, damit sie klug daraus werden könnten, wofür man ihren Herrgott hier in Alt-Bergamo halte. Denn es war ja nicht so sehr, weil man Gott etwas anhaben wollte, daß man über die tollen Streiche lachte, sondern weil man sich darüber freute, welch ein Stachel im Herzen diesen Heiligen jede Gotteslästerung sein mußte.

Mitten im Schiff hielten sich die Heiligen, und sie stöhnten vor Qual, ihre Herzen kochten in ihnen vor Haß und Rachedurst, und sie flehten mit Augen und Händen empor zu Gott, daß er sich doch für all den Hohn, der ihm hier in seinem eigenen Hause erwiesen wurde, rächen wolle, sie wollten so gern zusammen mit diesen Vermessenen zugrunde gehen, wenn er nur seine Macht zeigen wolle; mit Wollust wollten sie sich von seiner Ferse zertreten lassen, wenn er nur triumphieren wolle, und daß Entsetzen und Verzweiflung und Reue, die zu spät kam, aus allen diesen gottlosen Mündern herausschreien möchten.

Und sie stimmten ein Miserere an, das in jedem Ton klang wie ein Schrei nach dem Feuerregen, der auf Sodom herabfiel, nach jener Macht, die Simson besaß, als er die Säulen im Hause der Philister umfaßte. Sie flehten mit Singen und mit Worten, sie entblößten die Schultern und flehten mit ihren Geißeln. Da lagen sie knieend, Reihe an Reihe, bis an die Hüften entblößt, und schwangen die gestachelten Strickknoten über ihren blutrünstigen Rücken. Wild und rasend hieben sie drein, so daß das Blut in Tropfen von den pfeifenden Geißeln fiel. Jeder Schlag war ein Opfer für Gott. Daß sie doch anders schlagen, daß sie sich doch in tausend blutige Stücke zerreißen könnten, hier vor seinen Augen! Dieser Leib, mit dem sie gegen seine Gebote gesündigt hatten, der sollte gestraft, gemartert, zunichte gemacht werden, damit er sehen könne, wie sie es haßten, damit er sehen könne, wie sie zu Hunden wurden, um ihm zu gefallen, geringer als Hunde unter seinem Willen, das niedrigste Gewürm, das den Staub unter seiner Fußsohle fraß! Und Schlag auf Schlag, bis die Arme niederfielen oder der Krampf sie in Knoten zusammenknüpfte. Da lagen sie, Reihe an Reihe mit wahnsinnfunkelnden Augen, mit Schaumwolken vor den Mündern, das Blut an ihrem Fleische herabrieselnd.

Und sie, die dies ansahen, fühlten auf einmal ihre Herzen klopfen, merkten die Wärme in ihre Wangen steigen und hatten Mühe zu atmen. Es war, als ob etwas Kaltes sich unter ihrer Kopfhaut strammte, und ihre Knie wurden so schwach. Denn dies packte sie; da war ein kleiner Wahnsinnspunkt in ihren Gehirnen, der diesen Wahnsinn verstand.

Dieses, sich als Sklave der mächtigen, harten Gottheit zu fühlen, sich selbst bis vor ihre Füße zu stoßen, ihr eigen zu sein, nicht in stiller Frömmigkeit, nicht in der Tatenlosigkeit sanfter Gebete, sondern es rasend zu sein, in einem Rausch der Selbsterniedrigung, in Blut und Geheul und unter feuchtblitzenden Geißelzungen, das zu verstehen waren sie aufgelegt, selbst der Metzger ward stille, und die zahnlosen Philosophen duckten ihre grauen Köpfe vor den Augen, die sie um sich her sahen.

Und es wurde ganz still da drinnen in der Kirche, nur ein leises Wogen ging durch die Menge.

Da erhob sich einer unter den Fremden, ein junger Mönch, und sprach. Er war bleich wie ein Leintuch, seine schwarzen Augen glühten wie Kohlen, die im Begriff sind zu erlöschen, und die düsteren, schmerzerhärteten Züge um seinen Mund waren, als seien sie mit einem Messer in Holz geschnitten und nicht die Falten in dem Gesicht eines Menschen.

Er streckte die dünnen, abgezehrten Hände im Gebet gen Himmel empor, und die schwarzen Kuttenärmel glitten um seine weißen, mageren Arme herab.

Dann sprach er.

Von der Hölle sprach er, davon, daß sie unendlich sei, wie der Himmel unendlich ist, von der einsamen Welt der Qual, die ein jeder der Verdammten zu durchleiden und mit seinen Schreien anzufüllen hat, Seen aus Schwefel seien dort, Felder aus Skorpionen, Flammen, die sich um ihn legten, wie sich ein Mantel legt, und stille, verhärtete Flammen, die sich in ihn hineinbohrten wie das Blatt eines Spießes, das in einer Wunde herumgedreht wird.

Es war ganz still, atemlos lauschten sie auf seine Worte, denn er sprach, als habe er das mit seinen eigenen Augen gesehen, und sie fragten sich selbst, ist dieser nicht einer der Verdammten, der aus dem Rachen der Hölle zu uns heraufgesandt ist, um für uns zu zeugen?

Dann predigte er lange von dem Gesetz und von der Strenge des Gesetzes, davon, daß jedes Titelchen darin erfüllt werden müsse und daß jede Übertretung, deren sie sich schuldig gemacht hatten, ihnen auf Lot und Unze angerechnet werden solle. »›Aber Christus ist für unsere Sünden gestorben,‹ saget ihr, ›wir stehen nicht mehr unter dem Gesetz.‹ Ich aber sage euch, daß die Hölle nicht um einen einzigen von euch betrogen werden wird, und nicht einer von den eisernen Zähnen an dem Marterrad der Hölle wird um euer Fleisch herumgehen. Ihr pochet auf Golgathas Kreuz, kommt, kommt! kommt, um es anzusehen! ich will euch bis an seinen Fuß führen. Es war an einem Freitag, wie ihr wisset, daß sie ihn durch eines ihrer Tore hinausstießen und das schwerste Ende eines Kreuzes auf seine Schultern legten und es ihn bis an einen unfruchtbaren und kahlen Lehmhügel außerhalb der Stadt tragen ließen, und sie liefen in Haufen mit und rührten den Staub auf mit ihren vielen Füßen, so daß es wie eine rote Wolke über der Stätte lag. Und sie rissen ihm seine Kleider ab und entblößten seinen Leib, so wie die Herren des Gesetzes einen Missetäter vor aller Blicken entblößen lassen, auf daß alle das Fleisch sehen können, das der Folter überantwortet werden soll, und sie warfen ihn auf das Kreuz nieder, so daß er lag, und streckten ihn darauf hin und schlugen einen Nagel aus Eisen durch jede seiner widerstrebenden Hände und einen Nagel durch seine gekreuzten Füße, mit Keulen schlugen sie die Nägel ein, dicht bis an den Kopf. Und sie richteten das Kreuz in einem Loch in der Erde auf, aber es wollte nicht fest und gerade stehen, und sie rückten es hin und her und trieben Keile und Pflöcke rundherum ein, und die, so das taten, zogen ihre Hüte ins Gesicht hinein, auf daß nicht das Blut seiner Hände ihnen in die Augen tropfen sollte. Und er dort oben sah auf die Soldaten herab, die um seinen ungenähten Rock spielten, und auf diese ganze heulende Menge, für die er litt, auf daß sie erlöset werden könne, und es war nicht ein mitleidiges Auge in der ganzen Menge. Und die da unten sahen wieder zu ihm auf, der leidend und schwach dort hing, sie sahen auf zu dem Brett über seinem Haupte, auf dem geschrieben stand ›Der Juden König‹, und sie verspotteten ihn und riefen zu ihm hinauf: ›Du, der du den Tempel niederreißest und ihn in drei Tagen wieder aufbauest, hilf dir nun selber; bist du Gottes Sohn, so steig herab von diesem Kreuz!‹ Da ward Gottes eingeborener Sohn in seinem Sinn erzürnt und sah, daß sie nicht der Erlösung wert waren, die Mengen, die die Erde anfüllen, und er riß seine Füße über dem Kopf des Nagels aus, und er ballte seine Hände um die Nägel in den Händen und zog sie heraus, so daß sich die Arme des Kreuzes wie ein Bogen spannten, und er sprang auf die Erde herab und riß sein Gewand an sich, so daß die Würfel über den Abhang von Golgatha herabrollten, und er warf es um sich mit dem Zorn eines Königs und fuhr zum Himmel auf. Und das Kreuz blieb leer stehen, und das große Werk der Versöhnung ward niemals vollbracht. Es gibt keinen Mittler zwischen Gott und uns; es ist kein Jesus für uns am Kreuz gestorben, es ist kein Jesus für uns am Kreuz gestorben, *es ist kein Jesus für uns am Kreuz gestorben!*«

Er schwieg.

Bei den letzten Worten hatte er sich über die Menge vorgebeugt und sowohl mit Lippen als auch mit Händen gleichsam seinen Ausspruch über ihre Häupter herabgeschleudert, und es war ein Stöhnen von Angst durch die Kirche gegangen, und in den Winkeln hatten sie angefangen zu schluchzen.

Da drängte sich der Metzger vor mit erhobenen, drohenden Händen, bleich wie eine Leiche, und er rief: »Mönch, Mönch, willst du ihn wohl wieder ans Kreuz nageln, willst du wohl?« Und hinter ihm klang es fauchend heiser: »Ja, ja, kreuzige, kreuzige ihn!« Und aus allen Mündern wieder, drohend, stehend, dröhnte es in einem Sturm von Rufen zu den Wölbungen empor: »Kreuzige, kreuzige ihn!«

Und klar und hell eine einzelne lebende Stimme: »Kreuzige ihn!«

Aber der Mönch blickte nieder auf dies Gewimmel von emporgestreckten Händen, auf diese verzerrten Gesichter, mit den dunklen Öffnungen der rufenden Münder, wo die Zahnreihen weiß leuchteten wie die Zähne von gereizten Raubtieren, und in einem Augenblick der Ekstase breitete er die Arme gen Himmel empor und lachte. Dann stieg er hinab, und seine Leute erhoben ihre Feuerregenbanner und ihre leeren, schwarzen Kreuze und drängten aus der Kirche hinaus, und wieder zogen sie singend über den Marktplatz dahin und wieder durch den Schlund der Turmpforte.

Und die aus Alt-Bergamo starrten ihnen nach, während sie den Berg hinabgingen. Der steile, mauerumfriedigte Weg war nebelig von dem Licht der Sonne, die da draußen über der Ebene herabsank, und sie waren jetzt nur noch halb zu sehen vor all dem Licht, aber auf der roten Ringmauer der Stadt zeichneten sich schwarz und scharf die Schatten ihrer großen Kreuze ab, die in dem Gedränge bald nach der einen, bald nach der anderen Seite schwankten.

Ferner ward der Gesang; rot leuchteten noch ein oder zwei Banner aus dem brandschwarzen Platz, auf dem die neue Stadt gestanden hatte, auf, dann verschwanden sie in der lichten Ebene.

Über tredition

Eigenes Buch veröffentlichen

tredition wurde 2006 in Hamburg gegründet und hat seither mehrere tausend Buchtitel veröffentlicht. Autoren veröffentlichen in wenigen leichten Schritten gedruckte Bücher, e-Books und audio-Books. tredition hat das Ziel, die beste und fairste Veröffentlichungsmöglichkeit für Autoren zu bieten.

tredition wurde mit der Erkenntnis gegründet, dass nur etwa jedes 200. bei Verlagen eingereichte Manuskript veröffentlicht wird. Dabei hat jedes Buch seinen Markt, also seine Leser. tredition sorgt dafür, dass für jedes Buch die Leserschaft auch erreicht wird.

Im einzigartigen Literatur-Netzwerk von tredition bieten zahlreiche Literatur-Partner (das sind Lektoren, Übersetzer, Hörbuchsprecher und Illustratoren) ihre Dienstleistung an, um Manuskripte zu verbessern oder die Vielfalt zu erhöhen. Autoren vereinbaren direkt mit den Literatur-Partnern die Konditionen ihrer Zusammenarbeit und partizipieren gemeinsam am Erfolg des Buches.

Das gesamte Verlagsprogramm von tredition ist bei allen stationären Buchhandlungen und Online-Buchhändlern wie z. B. Amazon erhältlich. e-Books stehen bei den führenden Online-Portalen (z. B. iBookstore von Apple oder Kindle von Amazon) zum Verkauf.

Einfach leicht ein Buch veröffentlichen: **www.tredition.de**

Eigene Buchreihe oder eigenen Verlag gründen

Seit 2009 bietet tredition sein Verlagskonzept auch als sogenanntes "White-Label" an. Das bedeutet, dass andere Unternehmen, Institutionen und Personen risikofrei und unkompliziert selbst zum Herausgeber von Büchern und Buchreihen unter eigener Marke werden können. tredition übernimmt dabei das komplette Herstellungs- und Distributionsrisiko.

Zahlreiche Zeitschriften-, Zeitungs- und Buchverlage, Universitäten, Forschungseinrichtungen u.v.m. nutzen diese Dienstleistung von tredition, um unter eigener Marke ohne Risiko Bücher zu verlegen.

Alle Informationen im Internet: **www.tredition.de/fuer-verlage**

tredition wurde mit mehreren Innovationspreisen ausgezeichnet, u. a. mit dem Webfuture Award und dem Innovationspreis der Buch Digitale.

tredition ist Mitglied im Börsenverein des Deutschen Buchhandels.

Dieses Werk elektronisch lesen

Dieses Werk ist Teil der Gutenberg-DE Edition DVD. Diese enthält das komplette Archiv des Projekt Gutenberg-DE. Die DVD ist im Internet erhältlich auf **http://gutenbergshop.abc.de**

Zeitfracht Medien GmbH
Ferdinand-Jühlke-Straße 7
99095 Erfurt, Deutschland
produktsicherheit@kolibri360.de